러브 앤 징크스

러브 앤 징크스

마거릿 와일드
이지원 옮김

올리

나의 가족과 친구들에게

jinx
징크스

나를 알려 하지 마.

내게 데이트를 신청하지 마.

나를 사랑하지 마.

조심해,

나는 징크스야.

jinx
내 이름은 젠

그 애 이름은 젠.
아직은
징크스가 아니다.

젠은 엄마,
그리고 동생 그레이스와 산다.
추레한 테라스가 있는 집,
아이들이 처음 배우는 말이 '차'와 '비행기'인
서쪽 내륙 지방.

젠은 여길 좋아한다.
다른 곳에서는 살고 싶지 않다.
하지만
한 주가, 또 한 주가 지나고
한 달이, 또 한 달이 지나고
매일 낮이, 매일 밤이, 무자비하게 항상 똑같은

학교

숙제

저녁 식사

TV

또 숙제

잠.

젠은 엄마와 동생에게 빽 소리를 지른다.

살아 있는 기분을 느끼려고.

무슨 일이든 일어났으면 좋겠다.

어떤 일이라도

모든 일이라도!

jinx

좋은 아이, 젠

나는
학교를 땡땡이치지 않고
가게에서 물건을 훔치지도,
담배를 피우지도,
술을 마시지도 않는다.

나는
숙제를
공부를
과제 제출을 제때에 한다.

나는
동생을 돌보고
교복을 다림질하고
설거지를 하며 엄마를 돕는다.

나는

분별이 있고

믿음직하며

책임감이 강하다고 (생활 기록부에 써 있다.)

나는

너무 조용하고

멍청하고

안전을 추구하는

지루한 사람이라고! (나는 말한다.)

하지만 열아홉 살 생일이 되면

나는 다 피워 볼 거다 (담배도 대마도.)

술에도 취하고

섹스도 할 것이다!

jinx

젠의 엄마는 언젠가 쓸 것이다

젠의 엄마는 광고 카피를 쓴다.

백색 가전 전문,

세탁기, 드라이어, 냉장고,

냉동고, 식기세척기.

그 기계들이

집 구석마다 똬리를 틀고

말썽을 부리는 걸 혐오한다.

언젠가 젠의 엄마는 나무 난로를 사고,

진짜 중요한 일들에 대해 쓸 것이다.

태어남과 죽음에 대해,

사랑과 사랑이 없음에 대해,

아버지들과 아이들에 대해,

엄마들과 딸들에 대해,

연인들과 친구들에 대해.

젠장할 만큼 멋지고도 끔찍한

사랑하고 사랑받는 일에 대해.

jinx

젠은 그림을 그리고 싶다

젠이 가장 잘하는 과목은 미술.

하지만 젠은 알 수 없다.

화가가 될 만한

재능이나 의지가 있는지.

어쨌건, 요즘

젠이 그리고 싶은 것은

멀고 아련한 풍경뿐이다.

미니어처 같은 집들, 루프톱, 철탑들,

나무들, 첨탑들, 크레인들.

머나먼 불빛처럼,

이런 것들은 한없이 신비하고 마술 같아.

너무나 현실인 앞뜰의 잡동사니, 차, 굴뚝 통풍구,

전신주, 쓰레기통 들보다는.

jinx

젠과 거미들

엄마는 남편이 둘 있었다.

나의 아빠(시궁쥐),

그레이스가 장애로 태어났을 때 도망쳐 떠난 사람.

그리고 상당히 괜찮았던,

하지만 얼마 가지 않았던 필이라는 이름의 아저씨.

엄마는 그냥 외로웠던 것이라고 난 생각한다.

우리 집에서 하는 농담이 있다.

그레이스는 가끔 단어를 뒤섞어서 말한다.

헌츠맨 스파이더를 허즈밴드(남편)로,

그래서 한번은 집에 거미가 나와서

그레이스와 나는 소리를 질렀다.

“빨리! 엄마 불러!

엄마는 허즈밴드 없애기에 도사잖아!”

엄마는 웃는다.

엄마는 남편 없이

상당히 행복하다고 말한다.

하지만

재킷을 걸치고

바닷가로 산책을 나갈 때의 엄마는

쓸쓸해 보인다.

jinx

옛날에 시궁쥐가

옛날 옛날에,

젠의 아빠는 화를 냈다.

어떻게 알면서도

장애가 있는 아이를 낳을 생각을 하냐고?

어느 날 그 아이는 울면서 외칠 거라고,

'나도 다른 사람들처럼 되었으면 좋겠어!'

그때 도대체 개에게 뭐라 할 거냐고?

엄마는 그 옆에 조용히 누워 있었다.

그녀의 결심은 확고했다.

젠의 아빠는 벽을 때리고

문을 걷어차고 싶었다.

대신, 그는 짐 가방을 싸

그림자가 호랑이 무늬처럼 얼룩진 길로

오래, 아주 오래 사라졌다.

jinx

최고의 친구

초등학교 때부터 친구였지,

그리고 고등학교에서도.

루스리스만

가끔씩 시리나와 투닥거릴 뿐.

젠과 코니는

시리나의 통명스러움을 참기 힘들다.

하지만 루스리스는

시리나의 못된 순간순간을 모두 견디고

친절한 눈으로 모든 것을 보고 있으며

어떤 것도 평가하지 않는다.

선의의 거짓말

루스가 고등학교 1학년 때

한 동급생이

선의의 거짓말도 하지 않으려는

루스의 태도에 질려

소리를 쳤다.

“맙소사, 넌 진짜 인정사정없이(루스리스) 정직하구나, 루스!”

그때부터

모두들 루스를 루스리스라 불렀다.

진실에 대한 고집만 제외한다면

사실 루스는 세상에서 가장 인정이 많은 사람이지만.

jinx

날 결혼시키려 해

코니는 말한다.

"부모님이 날

늙다리 그리스인과 결혼시키려고 해.

내가 동성연애자인 걸 알면

아빠는 날 죽여 버릴 거야.

학교만 졸업하면

난 다 말할 거야.

날 때린다면,

비명을 지르고

경찰을 부를 거야.

난 집을 나와

다시는 부모님을 보지 않을 거야.

그래도 부모님은 나를 보겠지,

내가 마디 그라*에

젖꼭지를 흔들며 춤추는 걸

TV에서 보게 될 거야!"

코니의 웃음소리가

너무나 커

교무실의 선생님들은 혀를 찼다.

코니는 엄마 아빠를 사랑한다.

엄마 아빠에게 절대로 상처를 주지 않을 것이다.

코니는 아마

엄마 아빠가 고른 누군가와 결혼하겠지.

하지만 그러면 어떻게 될까?

---

* Mardi Gras 참회의 화요일. 시드니에서는 매년 3월 LGBT 축제가 열린다.

jinx
숨이 막혀

시리나는 쿨하다.

시리나는 컨테이너 뒤에서 담배 피우는 여자애들 중 하나.

학교,

선생님들,

끝없는 숙제들에 대해서는 불평이 한가득이다.

시리나는 졸업할 때까지 도저히 기다릴 수 없다고 말하지만,

그 후에 어떻게 될까를 생각하면,

가슴이 답답하다.

jinx

털

해변가 파티 전날
젠과 시리나와 루스리스는
비키니 라인에 맞춰 다리털을 정리했다.

대담하게
깔깔 웃는 건
털을
한 줄씩 벗겨 내기 전까지였다.

젠의 엄마는
통증을 잊도록 각자에게 진통제 두 알씩을 줬다.
그래도 젠의 엄마는,
'거봐, 내가 뭐라고 했니'라고 말하지 않았고
그것만 해도 아이들은 눈물을 흘리며 감사할 판이었다.

아침이 되자
아이들은

깊이 파인 수영복을 입고 몸치장을 했다.

다리는

광을 낸 판자처럼 반들거리고 하얗다.

코니의 음모는

삼각팬티 밖으로 현관 발 매트처럼 삐어 나와 있었다.

아이들은 코니가 창피했지만,

아무것도 상관하지 않는 코니가

또한 부러웠다.

jinx

젠과 찰리의 즐거운 시간

내가 찰리를 만난 건
10학년 댄스파티에서였다.
찰리는 초대도 받지 않고 여장을 하고 나타났다.
코니는 바로 사랑에 빠졌고,
교장 선생님은 홀린 표정으로
찰리와 두 번이나 춤을 추었다.
그 방에서 가장 예쁜 소녀는 단연 찰리였다.

이후에, 우리 몇 명은
마이크네 집으로 밤샘 파티를 하러 갔다.
찰리도 와서
가발을 벗어 던지고
화장을 지워 버리고
청바지와 셔츠를 빌려 입었다.
찰리는 이제 그 방에서 가장 잘생긴 소년이 되었다.
코니는 찰리의 팔을 툭 치며,
"여자였을 때가 더 좋았는데!"라고 말했다.

찰리는 나에게 춤을 청했다.

난 찰리에게 넌 배우가 되어야겠다고 말했다.

찰리는 웃으며, 어깨를 으쓱했다.

그럴 수도 있겠지.

부모님은 찰리가 의사나 변호사 같은,

보통 중산층이 바라는 직업을 가지길 원했다.

하지만 찰리는 그냥, 재미있게 노는 게 좋았다.

내 생각엔, 나와 함께 말이다!

jinx
그레이스

몽골*.
칭기즈칸의 단어.
얼굴에 뒤집어쓴 스타킹 같은
잔인하고도
생생한.

다운 증후군.
복잡하고
희미하게 의학적이고
감정이 섞여 있지 않은,
하지만 좀 더 친절한.

* 다운 증후군을 다르게 부르는 말, 몽골리즘 Mongolism을 뜻한다. 얼굴의 특징 때문이지만, 인종차별적 의미를 포함하고 있어 현재는 잘 쓰이지 않는다.

jinx

젠과 산타의 무릎

찰리는 산타를 만나러
그레이스와 줄을 선다.
그곳에 있는 애들이 다 자기 무릎 키의 어린이인 것도
아무렇지 않은 것 같다.
그레이스는 산타의 무릎에 앉아,
산타의 목에 손을 두르고 껴안는다.
소원을 빌고,
이번엔 찰리 차례라고 우긴다.
난 찰리에게 너무나 민망해,
그레이스를 죽여 버리고 싶다.
하지만 찰리는
산타의 무릎에 털썩 앉더니,
세상에 이렇게 당연한 일은 없다는 듯
소원을 빈다.

난 어쩜 이 남자애와 사랑에 빠질지도 몰라.

jinx
난파된

시리나의 부모님은

섬처럼 멀다.

시리나는 TV와 비디오와 오디오와

스파와 전자레인지의 편안함 속에도

난파된 기분이다.

시리나는 자기 컴퓨터를 금요일의 남자라 부른다.

시리나가 금요일의 남자와

집에 단둘이 있을 때,

시리나는 인터넷에 접속해

딴사람인 척한다.

고통의 분위기를 풍기지 않는 사람.

파도의 물거품과 화석

시리나는

찰리가 젠과 데이트를 한다는 걸 믿을 수가 없다.

바닷가에서

시리나는 찰리에게 물을 첨벙이고

찰리의 등에 모래를 뿌리고

찰리에게 자기 타월을 던졌다.

젠이 열받는 걸 알면서도

시리나는 그걸 신경 쓸 수도 없었다.

루스리스가 함께

바위 쪽으로 좀 걷자고 하자 겨우 멈출 수 있었다.

파도가

둘을 둘러싸고 우박처럼 폭발하는 가운데

시리나는 울음을 터뜨렸다.

조용히, 루스리스는 시리나를 껴안는다.

시리나는 눈물과 파도 거품으로 흠뻑 젖은 후에야
가까스로 스스로를 조금 비웃을 힘이 생겼다.
그리고 시리나는 루스리스와 함께
바위 주위를 어슬렁거리며
수백만 년 된 화석들을 보고
소리를 지른다.

jinx

이상하고 아름다운

에트루리아인들은

지금은 사라진

신비로운 고대인이다.

그들은 신에게

보통 사람들보다 훨씬 큰

다른 세상에서 온 것 같은 조각상을 바쳤다.

신들께서 자신들을 알아봐 달라고.

내 책상 위

작은 청동 조각이 있다.

긴 팔

긴 다리

내 손가락처럼 가는

긴 몸.

고문대에 놓고 늘린 것 같은,

이상하고,

아름다운.

jinx

루스리스의 가족

루스리스와 엄마 아빠는

흰개미의 공격과 바스라지는 목재,

겨우 버티고 있는 다 쓰러져 가는 낡은 집에 산다.

루스리스와 엄마와 아빠는 복도에

벽지를 뜯어내어

빛바랜 푸른 벽을 드러내었다.

차오르는 습기의 선으로 절개된

해 질 녘의 바다빛.

친구들이 이 집안 사람들이 이상하다고 생각해도

루스리스의 부모님은

이 드러난 빛바랜 벽의 단순함을 좋아했다.

젠은 바로 그 자리에

아무 장식도 없는 배경에 이 가족을 그리고 싶었다.

jinx

젠 _ 가장 똑똑한 사람

그레이스는 읽고 쓸 줄 안다.

그레이스는 숙제에 매우 진심이다.

내 역사 교과서를 빌려

그걸 처음부터 끝까지 다 읽을 작정이다.

하지만, 첫 번째 단락 다음으로

진도를 나가지 못한다.

"난 바보야!

난 병신이라고!"

그레이스는 다른 십대들처럼

실험하고, 배우고, 자라고

더 많은 걸 이해하고 싶다.

엄마는 말한다.

"어떻게 말하면, 넌 내가 아는 가장 똑똑한 사람이야.

그리고 가장 사랑스럽고."

"맞아, 맞아."

나는 맞장구친다. 진심이다.

그레이스는 훌쩍이다

웃으며

나에게 역사 교과서를 돌려준다.

그레이스는 자기가 가장 좋아하는 비디오를 튼다.

〈사운드 오브 뮤직〉

오백 번은 보았겠지만,

여전히 좋아한다.

엄마와 나는 〈사운드 오브 뮤직〉에 나오는

젠장할 모든 노래를, 젠장할 모든 대사를

뒤에서부터 거꾸로 외울 수도 있다.

줄리 앤드류스를 만나면 죽여 버리고 싶다.

jinx

젠 _ 꿈의 자동차

찰리가 사랑하는 건 두 가지,

나!

그리고 자신의 꿈의 자동차다.

그건 녹슨 오래된 폭탄이지만

찰리와 아빠가 1년도 넘게 손본 것이다.

로터리 엔진이 달린 마쯔다 RX2 카펠라,

아래로 내린 서스펜션,

선팅된 유리창,

스포츠 배기관과

합금 휠,

그리고 서브우퍼와 앰프가 달린 카 오디오.

웅웅 소리는 1킬로미터 바깥에서도 들린다.

엄마는 '저건 바퀴 위의 테스토스테론이야'라고 하며

창피해했다.

한번은 그 차를 얻어 탈 일이 있었는데,

엄마는 선글라스를 끼고

친구들이 혹시나 볼까
뒷자리에 얼른 올라탔다.

우리가 노튼 가를 아래위로 난폭하게 운전하며
카페의 사람들을 얼마나 질겁하게 했는지
나는 엄마에게 말하지 않는다.

jinx

젠의 아빠

아빠가 집세도 못 내고 쪼들릴 때
아빠는 스텔라를 만났다.
스텔라의 크림색 소파는 너무나 부드러워
아빠는 그 안에 빠져들어
다시는 거기서 일어나고 싶지 않았다.

스텔라는 아빠에게 얼어붙은 땅에서 온 꽃들을 사 준다.
초록빛 대가 통통한 튤립들,
어두운 방에서 타오르는 붉은 꽃잎들.

지금까지 아빠에게 꽃을 사 준 여자는 아무도 없었다.
아빠는 친구들에게 농담으로
너무 감동해서
3일 동안 간헐적으로 울었다고 했지만,
사실, 정말로, 아빠는 감동했던 것이다.
아빠는 자신도 다시 행복해질 수 있지 않을까
하고 느끼기 시작했다.

딱딱하고 빛나는

시궁쥐의 새 부인은

자기 보석 상자의 보석처럼 딱딱하고 빛난다.

그레이스는 보석을 좋아한다.

스텔라는 그레이스가 보석을 가지고 놀도록 놔둔다.

그레이스는 보석을 쌓고,

자기 모습을 거울에 비춰 본다.

우리 집에서는 할 수 없는 놀이.

엄마는 팔찌도 반지도 없다.

엄마가 가진 것은 오직 대출뿐.

한번 나는 스텔라가 그레이스를 보는 눈빛을 봤다.

스텔라가 보고 있는 것은

어이없게도 다이아몬드로 치장한

통통하고 저능한 여자아이였다.

나는 머리끝까지 화가 나, 엄마에게 말했다.

엄마는 나를 슬프게 쳐다보았다.

"스텔라가 그레이스를 어떻게 보는지 네가 어떻게 알아?

그게 혹시 네가 그레이스를 보는 방식은 아니었을까?"

젠 _ 늙고 뚱뚱한 시궁쥐

엄마가 나와 그레이스에게
일주일에 한 번씩 시궁쥐를 만나라고 해서
나는 화를 냈다.

엄마는 말했다.
"아빠에게 그러지 마라, 젠.
아빠가 우릴 떠났을 때,
아빠는 그냥 겁먹은 남자애였을 뿐이야."

나는 웃겨서 오줌을 지릴 뻔했다.
늙고 뚱뚱한 아빠가 겁먹은 남자애라니!
퍽도 그렇겠다!

jinx

새엄마

나는 그레이스가 그렇게 쉽게

스텔라를 새엄마라고 하는 것이 싫다.

난 그레이스에게 하지 말라고 했다.

우린 엄마가 벌써 있어.

하지만 그레이스는 말을 듣지 않는다.

그레이스는 시궁쥐를 사랑한다.

그레이스는 스텔라를 사랑한다.

그레이스는 가끔 나를 너무나 열받게 해서

나는 소리를 지르고 싶다.

너 때문에 시궁쥐가 우리를 떠난 거라고.

하지만 내가 그런 말을 한다면,

엄마는 날 죽일 거다.

나도 날 죽일 거다.

jinx

젠_쿨

너무 더워, 더워, 더워!

너무 더워서

데오드란트가 겨드랑이 사이에서

지글지글 익고 있다.

찰리는 에어컨을 최고로 세게 틀고

우리는 이를 딱딱 마주치며

기름이 다 떨어질 때까지 드라이브를 했다.

우린 정말 쿨해!

jinx

우리가 엄마들에게서 싫어하는 점들

우리가 옷을 사러 갈 때,

엄마들은 같이 가고 싶어 한다 (모든 엄마들.)

엄마들은 참견쟁이 (모든 엄마들.)

발가락에는 털도 나 있다 (특히 코니 엄마.)

자기들끼리 섹스 얘기도 하고

남자들의 탄탄한 작은 엉덩이 얘기도 한다 (특히 시리나 엄마.)

옷은 너저분하다 (모든 엄마들, 특히 시리나 엄마.)

명절은 가족과 지내라고 한다 (모든 엄마들.)

술에 취해 자기 애들 얘기는 다 털어놓는다 (모든 엄마들.)

엄마들은 창피하다 (모든 엄마들, 특히 루스리스 엄마. 한번은 카페에서 담배를 찾다가 탐폰에 불을 붙이려고 한 적도 있었다.)

가게와 은행에서 서비스가 형편없다고

큰 소리로 불평을 한다 (모든 엄마들.)

우리가 듣는 음악을 들으면 머리가 아프다고 하면서,

자기가 좋아하는 음악은 아주 크게 튼다 (모든 엄마들.)

춤도 춘다 (모든 엄마들.)

딸 친구들이랑 친구가 되려고 한다 (모든 엄마들.)

맨날 '잠바 입어라', '우산 가져가라' (모든 엄마들.)

의심도 엄청 많다 (모든 엄마들.)

아무것도 이해하지 못한다 (모든 엄마들.)

언젠가 우리도 엄마들처럼 될 거라는 생각은

끔찍하다.

우리가 바로 그 엄마들이 되다니!

jinx

젠 _ 터질 것 같아

찰리는 그레이스와

〈사운드 오브 뮤직〉을

처음부터 끝까지 본다.

그레이스는 커다란 그릇에 팝콘을 가득 만들었다.

둘은 신발을 벗고 소파에 편안히 자리 잡는다.

그냥 팝콘일 뿐이지만,

그레이스는 바로 터져 버릴 것처럼 보인다.

그레이스는 너무나 뿌듯하고 행복하다.

jinx

진짜 인생

젠은 못되게 굴고 싶은 기분이 들 때
엄마에게
제발 진짜 인생을 살라고 말한다.

엄마는 일하러 나가고,
장을 보고
요리를 하고
청소를 하고
마당을 가꾼다.
토요일마다
그레이스를 수영장이나
영화관에 데려간다.
일요일에는 되도록
아무것도 하지 않고 못 잔 잠을 보충한다.
친구들은 있지만,
애인은 없다.
젠은 그 말을 하는 것이다.

젠은 자기 엄마의 비밀을 모른다.

젠은 마흔두 살에

자기를 사랑하지 않는 누군가와

사랑에 빠지는 것이

열네 살이나 열일곱 살이나 스물한 살 때나

똑같이 비참하다는 것을 모른다.

아무리 소용이 없고

아무리 굴욕적이라도

그런 갈망을 가지기에 너무 늦은 나이는 없다는 것을,

아무도 듣지 못하는 새벽 세 시에

베개에 얼굴을 파묻고 울기에 너무 늦은 나이는 없다는 것을,

젠은 모른다.

갈망에 너무 늦은 나이는 없다.

jinx

사랑에 빠진 젠의 엄마

젠의 엄마는

너덜너덜한 브래지어를 버리고

새 속옷을

새 파우더를

새 립스틱을 샀다.

젠의 엄마는 홀린 듯

가게를

공원을

바닷가를

혹시 그와 마주칠까 헤매고 다닌다.

그의 번호를 누르다

벨이 울리기도 전에 전화기를 내려놓는다.

기다리고

기다리고

기다린다.

그가 전화를 해 올 때까지.

젠의 엄마는 혼자서 소리를 지른다,
'제발, 십 대처럼 행동하지 좀 마!
그만해! 그만해! 그만!'

하지만 그만둘 수 없다.

첫사랑

그레이스: 첫사랑 얘기해 줘.

엄마 : 내가 케빈과 사랑에 빠진 건, 한여름이었어.
난 뽕이 엄청 들어간 핫 핑크 수영복을 입었지.
뽕이 너무 커서 걷다가 넘어질 지경이었어.
일광욕은 등을 대고 누워서 해야만 했어,
앞으로 누웠다간 뽕이 쑥 들어갈 테니까.
기억나, 케빈은 나의 엄청난 몸매를 보고
눈이 튀어나오려고 했지. 난 수영장에서 케빈을 덮쳐
열정적으로 키스했어. 난 케빈에게 눈을 감으라고도
했어, 그게 더 낭만적이잖아.
케빈이 너무 흥분했고, 우리 엄마도 동요되어
우리보고 차를 마시러 들어오라 했어.
케빈은 내가 교복을 입으면 가슴이 다리미판처럼
납작해지는데, 왜 수영복만 입으면 소피아 로렌이
되는지 절대 물어보지 않았어.
케빈이 그렇게 바보라는 사실에 나는 신께 감사했지.

'바보'라는 말이 공기 중에 머물러 있었다.

엄마는 당장이라도 혀를 깨물고 죽어 버릴 것 같은 표정이었다.

"나 같은 바보?"

그레이스가 물었다.

"아니, 나 같은 바보."

엄마가 말했다.

엄마는 그레이스에게 팔을 둘렀다.

그레이스는 바로 그 순간 엄마를 용서했다.

하지만 엄마는 자신을 용서하기 힘들었다.

jinx

찰리의 고양이

찰리에겐 새끼 고양이가 있다.

이름은 디젤,

겨우 몇 달러에 시장에서 사 온 고양이.

디젤은 찰리의 손안에 쏙 들어가고,

작은 발로 찰리의 얼굴을 만지고

찰리의 가슴 위에서 잔다.

찰리의 친구들은 비웃는다.

찰리의 친구들은

커다란, 짖는 개들을 좋아한다.

찰리는 그냥 미소 지을 뿐.

찰리는

갓난아기를 안은 아빠처럼

디젤을 셔츠 앞섶에 다정하게 넣고 다닌다.

jinx

엄마는 바보

엄마는 말한다.

"넌 찰리에게 완전히 빠졌구나, 젠.

찰리는 정말 멋지지만,

걔와는 진지한 대화가 안 되지 않니?

도대체 정말 찰리가 어떤 앤지, 너는 어떻게 아니?"

그게 무슨 소리야?

찰리는 최고라고, 엄마는 바보.

표본

루스리스의 아빠는 지리학자다.

루스리스는 아주 어렸을 때부터

돌과 광물을 수집해 왔다.

루스리스는 정리가 쉽게

얕은 서랍이 있는 캐비닛에

돌과 광물의 표본들을 넣어 놓고 있다.

친구들 사이에서는

루스리스가 친구들을

돌과 광물처럼 분류한다고 놀린다.

시리나는

균열이 잘 되고 잘 부서지는 오팔,

코니는

화산탄,

그리고

젠은 연기빛 석영.

루스리스는 본인이 화강암이라 하지만

(평범하고, 입자가 굵은 돌.)

친구들에게 루스리스는 황금.

젠 _ 커피 바

학교가 끝나면

우리는 우리가 제일 좋아하는 커피 바에서 만난다.

테이블 서비스는 없고

여름이면 마당의 배수관은 퀴퀴한 냄새를 풍기고

기우뚱한 테이블

다리 하나는 빵 덩어리로 몇 달 동안 괴어져 있지만,

커피는 싸고

웨이터들은 친절하다.

내가 찰리랑 그곳에 가면

나는 셀럽이 된 기분이다.

모두들 와서 찰리에게 말을 건다.

단 한 명, 엄청 마르고

기린처럼 큰 남자애 한 명만 빼고.

"잰 할이야."

찰리가 말한다.

"좋은 애야, 똑똑해.
자기가 어떤 사람인지 알지."

찰리의 목소리가 너무 우울해서
나는 깜짝 놀라 찰리를 바라보았다.
"너도 똑똑하잖아, 너도 네가 누군지 알고."

"그랬음 좋겠다." 찰리의 대답이었다.

jinx
차 버려

찰리는 만나기로 한 시간에 나오지 않는다.

전화를 다시 해 주기로 한 것을 까먹는다.

젠은 시청 계단에서 몇 시간이나 기다렸다.

누군가는 찰리가

모험심에 다리에서 뛰어내렸다고 했다.

찰리는 웃으며 그 소문을

긍정도 부정도 하지 않았다.

“이기적이야.”

젠의 친구들은 말한다.

“신뢰할 수 없어.”

“미쳤어.”

“차 버려.”

친구들은 충고한다.

“걔한테 차이기 전에.”

젠은 듣지 않는다.

찰리와 함께 있을 때면

몸 전체가 빛으로 차 있는 것만 같다.

jinx
돌인지 보석인지

젠은 루스리스에게 묻는다.

찰리가 어떤 종류의

돌이나 광물인지.

루스리스는 대답하고 싶지 않아 한다.

그러다 결국은 내뱉는다,

"황철석. 가짜 금."

젠은 루스리스와

일주일 동안 말하지 않았다.

젠은 돌과 광물에 대한 책을

도서관에서 빌려 와

찰리를 위해 '자철석'을 골랐다.

jinx
찰리 _ 검정

난 흑백으로 꿈을 꿔.

절대 컬러인 적은 없어.

왜 그럴까?

jinx
사랑에 굶주린

젠의 엄마는

사랑에 굶주렸다.

젠의 엄마는 독신녀 바에도

댄스파티에도

독신 부모 모임에도 가지 않을 것이다.

젠의 엄마가 원하는 것은 오로지 한 사람,

만약 그가 자신을 원하지 않으면

다리에서 뛰어내릴 꿈을 꾸겠지.

하지만, 물론,

젠의 엄마는

걷고, 걷고, 걷고만 있다.

jinx

젠 _ 코니의 아빠

가끔 코니 아빠는
호주식 바비큐를 너무 먹고 싶어 한다.
그래서 시리나와 루스리스와 나는
샐러드를 만들고 양파를 썰고
스테이크와 소시지를 굽는다.

"너흰 최고야!"
코니 아빠는
입에 탄 고기를 가득 물고 말한다.
우린 입속에 코니 엄마가 만든
타라마살라타와 호모스를 잔뜩 욱여넣고 있다.

부드럽고 어두운 저녁이 올 때까지
우리는 앉아서 이야기한다.
어둠이 내려 다행이었다,
코니가 아빠와 다정히 손깍지를 낄 때
아무도 내 얼굴의 부러움을 보지 못해 다행이었다.

jinx

차들이 있겠지

금요일 밤 늦게

찰리는 몰래 집을 빠져나간다.

그리고 버려진 산업 시설 단지로

차를 몰고 간다.

차들이 있겠지,

차들은 헤드라이트를 번쩍이고

엔진을 웅웅 울리며.

양쪽에서 전속력으로

다른 드라이버를 향해 직진하는 것이다.

핸들을 먼저 꺾는 이가,

진다.

찰리는 한 번도 진 적이 없다.

jinx

낯선 사람과 시시덕거리기

인터넷에서

시리나는 리나,

스물두 살,

쿨하고 세련된

컴퓨터 분석가.

시리나는 모르는 사람들과 시시덕거린다.

아마도 사이코이거나 60살 노인일지도.

시리나는 그들과 데이트 약속을 잡을 정도로

멍청하진 않다.

그냥 이야기를 하고

그들을 약 올리는 게 재미있을 뿐.

시리나는 다시 시리나로 돌아갈 것이다.

하지만 지금은

약간의 환상이 필요하다.

jinx

찰리 _ 신의 꿈

어디선가 읽은 적이 있다

사람들, 동물들,

산들, 강들,

이 모든 것이 신의 꿈이라고.

그렇다면 젠장, 제발 깨어나 줘.

jinx
실망시키면 안 돼

찰리는 사립 남학교에 간다.
강당은 대성당만큼 크고
운동장은 제3세계 국가만큼 큰,
럭비 선수들이
반장이 되는 곳.
학교 홍보물은
'목가적인 돌봄'을 극찬하는데,
그게 정확히 무슨 뜻이지?
네가 정신적으로 파탄 나고 있다는 것을 듣고 싶어 하는 사람은
아무도 없어.
그들이 원하는 건 우수한 성적뿐,
그리고 뛰어난 운동 능력뿐.

기대하는 사람들을 실망시키면 안 돼, 찰리.
겁내지 마, 겁내지 마, 겁내지 마.

jinx

젠 _ 모피

찰리는 학교에서 정학당했다.

머리카락이 너무 길다고.

찰리는 머리를 밀었다.

그리고 또 정학당했다.

머리카락은 2밀리미터 자랐다.

찰리는 그걸 초록색으로 염색했다.

학교에선 퇴학 얘기가 나왔다.

나는 찰리의 머리카락을 사랑한다.

이국적인 동물 같은 초록빛 모피를.

jinx

젠 _ 잔소리

엄마는 신문에서 읽었다.

'체육 활동을 하는 십 대 여자아이들은

활발한 섹스를 할 가능성이 더 적다.'

그래서 엄마는 나에게

네트볼

테니스

하키

농구

골프

론볼을 하라고 난리이다!

"싫어."

나는 거절했다.

엄마는 설교를 시작한다.

"섹스는 오락이 아냐.

감정이 동반되지.

상처를 받을 수도 있어."

"그래서 엄마는 더 이상 섹스를 안 하는 거야?"

나는 순진한 듯 물었다.

그레이스가 흥미롭다는 듯 고개를 들었다.

엄마는 더 이상 이야기를 계속하지 않았다.

엄만 내가 멍청하다고 생각하나?

섹스가 진지한 것이라는 걸 나는 당연히 알고 있다.

엄마가 더러운 상상을 하건 말건

나와 찰리는 섹스를 하고 있지 않다.

아직까지는.

젠 _ 그레이스의 상태

엄마는 내게 말했다.
"내가 그레이스의 상태를
임신 초기에 알게 되었을 때
난 거의 낙태를 할 뻔했어."

우리는 서로를 쳐다보았다.
그레이스가 없다는 상상만 해도
너무나 끔찍해져서.

jinx

집들은 기다린다

요즘에는

십 대가 섹스를 하기 위해

차 뒷좌석이나

공원이나

골목길에 갈 필요는 없다.

교외의 주택들

집들은 비어 있고,

부모님은 모두 일하러 나갔다.

집들은 기다린다.

따뜻하고

카펫이 깔려 있고

냉장고는 가득 채워져 있고

TV도 있고

부모님의 유혹적인 더블베드도 있다.

하지만.

엄마들은 안다.

시트가 제대로 접혀 있지 않으면,

베개가 1밀리미터만 기울어져도,

보이지도 않는 주름이 담요에 잡혀도.

엄마들은 절대 용서하지 않을 것이다,

아들이건 딸이건

부모님 침대에서

섹스하는 것을.

찰리와 나는
어느 날 학교에서 일찍 빠져나와
버스 정류장에서 만났다.
조용한 시간이었다.
거리에는 비둘기들이 웅크려 앉아 있었다.

우리는 우리 집으로 왔다.
집은 비어 있고 조용했다.
나는 욕조에 물을 틀었다.
비누 거품이 부글부글
얼른 우리는 옷을 벗어 던지고
들어갔다.

내가 예상한 것처럼
처음엔 그렇게 낭만적이지 않았다.
무릎은 밖으로 튀어나오고
발을 마구 허우적대었다.

그리고 마침내

찰리는 왕처럼 나른하게 눕는 데 성공했지만,

내 목 뒤에는 수도꼭지가 있고

플러그는 엉덩이 사이로 파고 들어올 지경이었다.

하지만 나는 찰리에게 손을 뻗어

찰리의 온몸에 비누칠을

천천히 한 곳 한 곳

머물면서 했다.

그리고 찰리를

사랑스럽게

문질러 헹궈 주었다.

엄마의 큰 타월을 둘러쓰고

우리는 사막에 사는 사람들처럼

집 안을 마구 뛰어다녔다.

그러고는−

jinx
그는 나를 사랑하지 않아

바깥에는

디너 접시처럼 밝고 큰 달이 떠 있었다.

안에서

엄마는 식기세척기에 그릇을 쌓으며

중얼거렸다.

"그는 나를 사랑하지 않아."

"뭐?"

"아무것도 아냐. 별거 아냐."

그럴 리가.

너무나 큰일이라

젠 엄마는 바깥으로 달려 나가

바닷가를 가로질러

교외를 가로질러

세상의 모든 금과 틈새를 자신의 절망으로 막아 버릴 만큼

울부짖고 싶었다.

하지만 소중한 아이들이 있다.

좋아하는 직업이 있고,

친구들과의 저녁 약속이,

좋은 대화가, 좋은 시간이,

음악이, 책이,

드라이클리닝 맡긴 것도 찾아와야 하고,

구두 뒤축도 갈아야 하고,

집안일도 해야 하고,

마당의 풀도 뽑아야 하고,

애들 숙제도 봐 줘야 하고,

학교 선생님도 만나야 한다.

해야 할 것은 수천 가지

그러다 보면 어떤 위로가

며칠 내에, 몇 주 내에, 몇 달 내에, 몇 년 내에

찾아오겠지.

젠 엄마는

자기가 괜찮을 것을 알고 있다,

다만 평화를 되찾을 수 있도록

호르몬이 이제 작용을 멈추기만 바랄 뿐이다.

'그는 나를 사랑하지 않아.'

젠 엄마는

식기세척기의 스위치를 켜며 냉담하게 말했다.

식기세척기는 몸을 떨며

가는 비명 소리를 내더니

작업을 시작했다.

나중에, 젠 엄마는 발코니로 가서

달을 다시 바라보았다.

달은 오래된 바랜 도자기.

그래, 그래.

jinx

찰리 _ 벌레

나는

아프리카에는

사람의 몸속에 살고 있는 벌레가 있다고 읽었다.

벌레는 계속해서 성숙해 가고 자라나며

언젠가 밖으로 나올 기회를 보고 있다고 한다.

나는

내 안에도 무언가 살고 있다는 걸

언제나 알고 있었다.

벌레보다 훨씬 지독한 어떤 것이,

내 영혼을 뒤트는 어떤 것이.

어쩌면 맨 처음부터 거기 있지 않았을까.

계속해서 성숙해 가고 자라나며

언젠가 밖으로 나올 기회만 보고 있는.

jinx

찰리 _ 가면

나는

천천히 면도를 한다.

웃고 있는, 익숙한 나의 마스크에

시선을 고정한 채.

찢어 버리고 싶어.

하지만,

그 아래에 무엇이 있을지 두렵다.

찰리 _ 돌

나는

어떤 유명한 여자 얘기를 읽었다.

주머니에 돌을 가득 채운 채

호수로 걸어 들어갔다는.

사람들은 그 여자가 미쳤다고 했다.

나는 그 여자가 용감하다고 생각한다.

물이 뺨으로, 코로 스며 들어올 때,

어떻게 그 여자는

돌을 다 버리고 멈추지 않을 수 있었을까?

jinx
검정

그레이스는

학교에서 그린 그림을 들고 왔다.

보통 그레이스의 그림은

사람과 동물이 가득하고,

색깔은 너무나 밝고 원색이라

눈이 아플 지경인데,

이번 그림은 검정이었다.

검은색 하늘,

검은색 물,

물에 반쯤 잠겨

한 팔을 들고 있는

작은 검은 사람.

젠은 그림을 보며

뭔가 칭찬의 말을 생각해 내려 애쓴다.

"이게 누구야?"

젠은 묻는다.

그레이스는 놀란 듯 젠을 바라본다.

"당연, 찰리지."

그레이스는 가끔 자기 그림을

냉장고에 붙인다.

하지만 이 그림은 말아서

자기 방으로 가져갔다.

젠은 그림을 더 이상 보지 않아도 되어 다행이었다.

도대체 그레이스가 왜 그런 그림을 그린 거지?

jinx

젠과 찰리

젠과 찰리가 서로 팔을 감고

해안가를 걸을 때,

찰리는 이상하게도 심각했다.

찰리는 말한다.

"내가 배라면, 젠,

나는 너에게 평생

정박할 거야."

jinx

찰리가 찰리에게

닥쳐, 시끄러운 원숭이!

닥쳐, 웃고 있는 천치!

도대체 누굴 속이려 하는 거지!

닥

쳐.

찰리 _ 교차로

자살자는

교차로에 묻혔던 거 알아?

그건 아마도

슬픈 유령들이

자기 집을 못 찾아가게 하려고 그랬을 거야.

jinx

찰리 _ 목소리들

내 워크맨 배터리는

죽었다.

하지만 괜찮다.

내 머릿속에서 목소리들이 말하도록

허락했으니까.

그들은 내 머리를 점령하고 있다.

목요일 밤의 쇼핑

제대로 했다.

잘 고른 물품들, 탄탄한 밧줄,

연습한 매듭으로 잘리는 난간에 목을 매었다.

가족들이 장 본 식품들을 끌고

피시 앤 칩스를 고대하고

어떤 TV 프로그램을 볼지 싸우며

집으로 들어왔을 때

집은 빛으로 폭발했다.

그는 젠의 남자 친구

그는 그들의 친구

그는 그들의 형

그는 그들의 아들

그는 모두의 좋은 친구였다.

왜?

젠 _ 충격 속의 젠

이곳의 겨울은 온화하지만

나는 몸을 떠는 것을 멈출 수 없다.

나는 점퍼를 껴입고,

잘 때도 양말을 신고 잔다.

내 뼈는 얼음처럼 덜그럭거린다.

엄마는 내가 충격을 받았다고 한다.

엄마는 내 손발을 문지른다.

하지만 나는

절대 다시 따뜻해질 수 없을 것 같다.

젠 _ 장례식에서

그의 아버지는 장례식에서 울었고,

그의 엄마는 충격에 빠진 것 같았다.

그의 엄마는 계속해서 말했다.

"분명 무슨 착오였을 거예요,

걔는 항상 웃고 있었다고요,

항상 정말 행복했는데!"

"약을 했나요?"

"무슨 문제가 있었나요?"

"우리가 모르는 어떤 게 있었을까?"

"젠, 말해 줘, 제발!"

그들은 나를 탓하지 않는다고 한다.

물론 탓하지 않는다.

하지만 탓한다.

내가 찰리의 여자 친구였으니까

나에게는

나에게는 분명 무언가 말했을 것이다.

무엇이라도!

“제발, 젠, 제발!”

하지만 나는 아무 말도 할 수 없다.

우리는 손에 들고 있도록 꽃 한 송이씩을 받았다.

내 꽃은 수선화였다.

찰리의 삼촌이

가족 대표로 말했다.

"찰리가 아기였을 때 기억나죠?

크고, 네모난 머리, 럭비 선수의 몸통 같았어요.

아주 못생긴 아기였죠!

우린 찰리를 정말 사랑했어요."

"어렸을 때 막 목욕을 마쳤을 때도 기억나요.

엄마 팔 안으로 뛰어드는데

물고기처럼 미끌미끌했죠.

얼굴이 얼마나 환했는지!

우린 찰리를 정말 사랑했어요."

"소년 찰리도 기억나요.

잘 때도 새 축구화를 벗지 않았죠.

공을 정말 잘 찼어요!

우린 찰리를 정말 사랑했어요."

"젊은 청년 찰리도 기억해요.

멋지고 훌륭한 어른으로 자랄 사람이었죠.

마음이 너무나 아프네요.

우리는 찰리를 사랑했어요.

그리고 언제까지나 사랑할 겁니다."

디젤

문상객들이 떠나자

찰리의 형제자매들은

디젤을 서로 갖겠다고 싸우기 시작했다.

디젤은 특별하다.

디젤은 찰리의 것이었다.

찰리의 엄마는 소리를 질렀다.

“그만해! 다들! 그만!”

아이들은 새끼 고양이를 놓아 주고

슬슬 물러났다.

그 애들이 나이가 들었을 때

바로 이 기억은

가장 창피한 순간이 될 것이다.

새끼 고양이는 소파에 뛰어올라

쿠션을 고르더니

그 위에서 잠들었다.

jinx
젠 _ 최악

최악인 것은

내가 찰리의 여자 친구였지만,

찰리가 아직도 나를 배제하고 있는 것.

jinx

회복 불가능할 정도로

루스리스는 말한다.

"만약 찰리가 제정신이었다면

동생들이 다 보도록

자기 집에서 목을 매지 않았을 거야.

찰리는 굉장히 아팠음에 틀림없어,

도저히 회복 불가능할 정도로.

젠, 아우, 젠."

젠 _ 뒷계단에 앉아

왜?

나는 겨울 햇볕을 받으며
그레이스와
뒷계단에 앉아 있다.

그레이스는 차를 만들어 왔다.
따뜻한 위로의 컵을
우리는 손으로 감쌌다.

그레이스는 자기 컵을 놓고
자기 가슴과
자기 머리를
만진다.
그러고는 말한다, "찰리는 외로웠어."

해는 사라지고,

그림자가 우리의 발을 덮는다.

나는 그레이스의 그림을 생각한다.

나는 찰리가

깊은 호수

검은 물

물풀이 발목을 감고 있는 중에

몸부림을 치며 몸을 내놓으려고 하는 것을 본다.

그레이스가 맞았다.

그레이스는 다른 사람들이 못 보는 것을 보니까.

뭔가 잘못됐다는 것을

내가 알아차렸어야 했다.

찰리가 나에게 말하도록 했어야 했다.

내 잘못이다.

jinx

젠 _ 찰리는 없다

태양은 환하게 빛나고

달은 어슴푸레 비치지만

찰리는 없다.

바람은 불고

비는 오지만

찰리는 없다.

젠장할 태양!

젠장할 달!

젠장할 바람!

젠장할 비!

찰리는 다시 없을 것이다.

나는 학교에 가지 않는다.

나는 엄마가 회사에 갈 때까지

공원에서 기다리다

다시 집으로 몰래 들어와

이불을 머리 위에 둘러쓰고

잠들려고 한다.

나는 엄마와 싸운다.

문을 쾅 닫고

비명을 지르고

소리를 치고

물건을 던지고

깨부순다.

그레이스는 자기 방에 숨는다.

그레이스는 나를 무서워한다.

나는 밤에 몰래 나가

공원에서 남자애들을 만난다.

그들은 내 친구들이 아니다.

오래된 무화과나무들은

언덕처럼 크고 어둡고

바람은 얼어붙도록 춥지만,

우리는 상관없다.

우린 여기서

우리가 하고 싶은 걸 하면 되니까.

안개 속에 몸을 쭈그리고 앉아.

버본, 스카치, 보드카, 베일리스,

나는 되는 대로 마신다.

토한다.

어떤 남자애들은 펄쩍 뛰고

욕을 하고

비웃지만

내가 더 토하기 시작하자

한 명이 내 머리를 잡아 주었다.

그 아이의 얼굴은 친절했다.

이름은 벤이었던 것 같다, 아마.

하지만 무슨 생각을 하기엔 너무 토할 것 같아,

너무 피곤해,

나는 그냥 잠들고 싶다.

내가 깨어났을 때

땅은 딱딱하고 단단했다.

하지만 꿈에서 나는 계속해서

언제나 추락하고 있었다.

jinx
수치스럽게도

아이들에게는 항상

다른 사람의 사생활을

존중하라고 말해 왔다.

그렇기 때문에

지금

딸의 일기장을 뒤적거리는 것은

수치스러운 일이다.

꼭 필요한 일이라고

젠의 머릿속에서 무슨 일이 일어나는지

도저히 모르겠다고

도우려면

이럴 수밖에 없다고

스스로에게 타이른다.

하지만 일기장에는 사소한 일밖에.

그리고 한 문장,

‘나는 엄마를 미워한다!’

마치 심장을

꽉 물린 듯한 기분이었다.

일기장을 닫고 젠의 엄마는

우울하게 중얼거린다.

“이렇게 당해도 싸지.”

jinx

젠 _ 두 개의 일기장

엄마는

내가 일기장이 두 개인 걸 모른다.

하나는 몰래 훔쳐보는 자들을 위한 것,

하나는 나만을 위한.

젠은 학교에서 어떤 여자애들이

자기보고

걸레라고 하는 걸 안다.

걸레라니, 정말 그럴듯하게 섹시한데.

걸레

걸려

걸고.

그 말은 어디에나 써 있다.

버스 정류장에도

벤치에도

벽에도

버스에도

학교 화장실에도

기차에도

전화 부스에도

마르지 않은 시멘트 위에도.

지금까지 그걸 젠이라고 쓴 사람은 없지만
앞으로는 그렇게 되겠지.
공중화장실에서 손을 씻으며
거울을 본다면
거기엔 그렇게 써 있을 것이다.
새빨간 립스틱으로
거울을 가로질러
얼굴을 가로질러.

jinx
젠 _ 붕괴

찰리 엄마는 나에게
가족 전체가 붕괴되고 있다고 말한다.

"넌 내가 미쳤다고 생각하겠지,
하지만 잠들지 않고 깨어 있으면
애원하는 개의 손길이
나를 어루만져.
애들은
개가 계단에서 기다리고 있는 걸 보고."

"애들이 자기 방에 가지 않아서
우린 모두 캠프라도 하듯
모두 모여 마루에서 자,
이렇게 살 수는 없어."

"애들 아빠는 저기 누워 있어.
왜냐하면 찰리가

자기 열쇠를 안 가져갔다고
문을 두드린다고 하거든."

"우린 언제나 이 집을 좋아했지만
이젠 이사를 갈 수밖에 없어,
어쩔 수 없어."

"애들 아빠는 여기 남을 거야.
찰리가 보이지도 않고
찰리가 애원하며
자기를 만지지도 않는데도.
그런데 애 아빠는 그게 소원이야!
만약 여기 혼자서 살고 있다면,
찰리가 자기에게도 올 거라고
그렇게 믿고 있어."

전화 통화

앳되고 쉰 목소리의
남자애들이
새벽 두 시, 세 시에
젠에게 전화를 한다.

젠 엄마는 침대에서 비틀비틀 일어난다.
심장이 마구 뛴다.

젠 엄마는 이렇게 늦게 전화하지 말라고 한다.
보통은 '죄송합니다' 하고 중얼거리지만,
한 명은 자기가 젠과 뭘 하고 싶은지
음란한 세부 사항을 늘어놓았다.

젠 엄마는 전화를 쾅 내려놓고,
코드를 뽑고
문과 창문이 잘 닫혔나 확인하고
젠과 그레이스를 확인하고

담요를 뒤집어쓰지만,

눈앞의 상을 없앨 순 없다.

아침에

엄마는 젠에게 특별히 다정하게 대해 주려고 애썼다.

그 남자애의 흉측한 생각과

흉측한 욕망을

덮기 위해.

젠 이야기

시리나는 악녀 역 전문이었다.

친구들을 충격에 빠트려

다들 놀라는 모습을 보는 걸 좋아했다.

하지만 젠! 젠은

이제 시리나와 댈 것도 아니었다.

친구들은 시리나의 침실에 모여

칩스를 먹고

콜라를 마시며

남자애들

시디

화장대

옷

그리고 젠에 대해서 이야기하고 있다.

"공원은 밤에 위험해."

코니가 말한다.

시리나의 눈이 빛난다.

"걘 다치거나 강간당할 수도 있다고!"

루스리스는 시리나를 째려본다.

처음으로, 루스리스의 눈은 차가웠다.

"정말 그렇게 되면

너도 이야깃거리가 생기겠지, 그렇지 않아?"

루스리스는 책가방을 들고

나와 버린다.

jinx

젠의 엄마, 딸각딸각

오늘은 춥다.
내 딸은 어디에서
거친 잠을 자고 있을까.
그리고 나는 여기 내 컴퓨터 앞에 앉아,
백색 가전에 대해 쓰고 있다.
이렇게 딸각딸각 시간을 보내며 웃고 있지만,
나는 울고 싶다.

친구들은 젠의 안부를 묻는다,
목소리는 머뭇거리고 조심스럽다.
참견하고 싶어 하지는 않지만,
내가 아무 말도 하지 않는 것이
걱정스러운 것이다.

그럼 내가 어떻게 하길 원하는 거지?
내 옷을 찢어? 울부짖어?

한번은 한 여자가 울부짖는 것을 들은 적이 있다.
길모퉁이 가게 주인이었다.
어떤 고객을 응대하고 있었는데
어린 딸이 실종된 것이었다.
우리는 모두 길거리로 뛰쳐나갔다.
우체부, 십 대 소년, 나,
그리고 길모퉁이 가게 주인은
앞치마를 얼굴에 뒤집어쓰고
울부짖고, 울부짖고, 울부짖었다.

나도 그렇게 울부짖을 수 있었으면,
목청이 터져라,
원시적으로.

하지만 나는 이렇게 앉아 딸각딸각…….
나의 심장은 꽉 조여져 있다.

jinx

젠 _ 널 저주해

찰리를

화장해서 다행이다.

그러지 않았다면 난

찰리의 무덤 위에 발을 쿵쿵 구르고

꽃을 뿌리고

비석을 다 훑어 버리고

개들에게 그의 뼈를 물어 가라고 할 테니까.

널 저주해, 찰리.

너의 바보 같은 재를.

네가 그렇게 몸을 던졌을 때,

단 한순간이라도,

우리에게 어떤 짓을 하는지 생각해 본 적이나 있어?

jinx

젠 _ 술 먹는 여자

나는 병원에서 깨어났다.

어지러운 채로

머리카락은 뺨에

토 냄새를 풍기며 붙어 있었다.

팔로는 수액이 투입되고 있었다.

나는 오븐에 넣기 바로 전의 칠면조처럼

은빛 호일에 싸여 있었다.

발걸음 소리가 났다, 누군가가 말한다.

“저 술 취한 아이 엄마이신가요?”

그리고 엄마는 내 옆에 왔다.

게슴츠레한 얼굴

빗지 않은 머리

바로 침대에서 뛰어나온 것만 같았다.

눈에서 눈물이 쏟아져 나와

멈출 수가 없었다.

나는 너무 힘이 없다.

나는 속삭였다, “엄마, 미안해.”

엄마는 내 손을 잡고

나를 쓰다듬고는

같은 말을

계속해서 계속해서

마치 그 말이 악을 물리치는

마법의 주문이라도 되듯

되풀이하고 있었다.

“괜찮아, 다 괜찮아질 거야.”

하지만 절대로 그렇지 않다.

나는 눈을 감고

어디론가 흘러가려고 했지만

엄마의 애원하는 소리가 들렸다.

“젠, 이제 그만해야 해.”

엄마는 깨끗한 옷을 가져다주었다.
떨리는 손으로
내가 천천히 옷을 갈아입는 동안
엄마는 토사물이 묻은 옷을
비닐 가방에 집어넣었다.

집으로 오는 길에
엄마는 화가 나 있었다.
"자는 그레이스를 깨워서
집에 혼자 남겨 두고 나오는 이유를
설명해야만 했어."

그레이스는 집에 혼자 있는 것을 싫어한다.
그러면 그레이스는 혼자서 씻고
옷을 입고
학교에 가도록 남겨졌겠지,
엄청 용감하게.

나는 또다시 울기 시작했다.

엄마는 손을 자동차 핸들에서 떼더니

내 머리를 쓰다듬었다.

우리는 아무 말도 하지 않고 집까지 왔다.

나는 세 시까지 자다가

그레이스를 만나러 갔다.

그레이스는 학교 정문 앞에

친구들과 함께 있었다.

그레이스 친구들은 모두

새끼 강아지처럼 서툴게 나를 향해 달려들었다.

그러고는 모두 팔을 벌려

나를 껴안으며

말없이,

나 때문에 마음이 아프다고 말하고 있었다.

jinx

가능성

일주일에 한 번 아빠와 만나는 날
그레이스는 스텔라의 정원 일을 돕는다.
나는 집 안에서 축 늘어져
책이라도 읽으려 하는데
시궁쥐는 짜증 나게도 수다 만발.
말하는 내용도 정말이지!
이번에는 물에 대해서 뭐라 뭐라 하며
변화의 가능성이 어쨌다나 하는 것이다.
나는 멍하게 시궁쥐를 바라보았다.
"물은 얼음으로 변화할 수 있는 가능성이 있지.
그리고 증기가 될 수도 있어."
"그래서요?"
나는 시궁쥐를 쏘아보았다.
시궁쥐를 불편하게 만드는 것이 좋다.
시궁쥐는 목청을 가다듬었다.
"그러니까 물질은 변화해.
사람도 변할 수 있고."

이제 무슨 소리를 하는지 알 것 같다.

엄마가 분명 나의 술 마시는 문제를

떠들었음에 틀림없다.

나는 눈을 얼음으로 변화시켰다.

귀에서는 증기가 뿜어 나왔다.

시궁쥐는 얼른 일어나 정원 일을 도우러 나갔다.

jinx
젠 _ 내가……

시궁쥐는 말한다.

“젠, 내가 뭘 해 줄 수 있는 건 없을까?”

나는 고개를 흔들고

딴 곳을 바라본다.

내 눈의 눈물을

시궁쥐에게 보이고 싶지는 않다.

젠 _ 소포

나에게 소포가 왔다,

문 앞에.

그 안에는 아주 비싼 종이 한 묶음과

최고의 오일 파스텔 세트

그리고 카드가 들어 있었다.

소중한 젠,

네가 이걸 썼으면 좋겠다.

사랑을 담아,

스텔라.

"우와, 좋겠다!"

그레이스가 외쳤다.

"스텔라가 정말 친절하네."

엄마가 말했다.

엄마는 얼른 전화해서 인사하라고 난리지만,

내가 할 수 있는 것은,

딱딱하고 짧은 감사 편지뿐.

종이와 오일 파스텔은

내 방 선반 안 보이는 곳에

넣어 두었다.

젠 _ 찰리의 차

찰리 아빠가
찰리 차를 타고 우리 집에 와서,
길 건너에 주차해 놓고는
나에게 열쇠를 주었다.
“찰리는 네가 이 차를 가지기를 바랐을 거야.
제발, 네가 가져라.”

나의 창 너머
다리 위에 삐쭉삐쭉 솟아 오는 차들,
갈색 점이 찍힌 지평선,
태양에 윙크를 날리는 비행기
그리고 찰리의 꿈의 자동차가 보인다.
나는 거기서 일어나고,
나는 거기서 잠든다.
딱딱하게 굳은 새똥과
검은 먼지가 잔뜩 앉은 차,
누군가 장난인지 그 위에

'www.washme.com.au'라고 써 놓고 갔다.

그레이스는 묻는다.

차를 닦아도 되는지.

나는 어깨를 으쓱한다, 그러고 싶으면 그렇게 해.

그레이스는 오후 내내 차를 닦았다.

완전 깨끗하게

그리고 본인은 더러워진 채 행복하게 자러 갔다.

그레이스도 찰리를 그리워한다는 것을

나는 잊고 있었다.

젠 _ 찰리 아빠

찰리 아빠가
슈퍼마켓에서 빈 카트를 끌며
울고 있는 것을 보았다.

사람들이 그를 보고
손가락질하며 수군대었다.
어떤 애 하나는 깜짝 놀라 그를 쳐다보았다.

나는 찰리 아빠에게 가서 팔을 잡았다.
"저예요, 젠."

하지만 찰리 아빠는
복도에서 복도로
위에서 아래로
카트를 밀며
빙빙 돌며
울고 있을 뿐이었다.

jinx

젠 _ 빈집

찰리 엄마와 애들은
짐을 싸서
어떤 유령도 문을 두드릴 수 없는
완전한 새집으로 이사 갔다.

엄마는 말한다.
“아무리 멀리 도망쳐도
머릿속과 마음속에 찰리가 있을 텐데
그걸 모르나?”

나는 빈집에 혼자 있을
찰리 아빠를 생각한다.
마룻바닥이 삐걱거리고
벽이 신음하는 소리를 듣겠지.
주춧돌이 움직이는 소리겠지만,
찰리 아빠는 신호를 기다리고 있다.

나는 찰리의 차 전체에

비누질을 했다,

판 하나하나,

그리고 정성스럽게

헹구고

쓰다듬으며 말렸다.

시험 면허증밖에 없지만

나는 혼자 찰리 집으로 차를 몰고 갔다.

문을

세 번 두드렸지만,

아무도 대답하지 않았다.

나는 차 열쇠와 쪽지를

우편함에 남겨 두었다.

찰리 아빠가 언젠가

다시 엔진을 만지고

진공청소기로 먼지를 털고

페인트를 번쩍번쩍하게 닦아

거기 비치는 자기 얼굴을

웃으면서 쳐다볼 수 있기를 바라면서.

jinx

젠 _ 밧줄을 풀어 줘, 찰리

내 심장에 정박했던

밧줄을 풀어 줘, 찰리

나를 가게 해 줘.

젠 : 아빠 얘기를 해 보세요.

엄마: 아빠는 다리가 근사했지, 그리고 귀엽기도 했어.
따뜻하고 거칠거칠한 손으로 나를 안았지.
아빠가 떠난다고 했을 때, 나는 오래된 잠옷을 입고
눈에는 잠이 가득한 상태였어.
'나쁜 새끼!' 하고 생각했지, 아니,
세수라도 하고 머리를 빗은 후에라도 말을 해야지.
나는 애가 두 명이지, 세 명이 아니라! 참 다행인 거지.
아빠가 스텔라를 만났을 때 나는 질투가 났어,
그리고 기뻐하지 않은 것에 죄책감을 느꼈지.
나에겐 너와 그레이스가 있고 그 사람은 너희를
주말에만 볼 수 있는 게 안됐어.

젠 : 아빠는 우리를 원하지 않았어요.
우리를 사랑하지 않았다고요.

엄마: 당연히 너희를 사랑해! 무슨 소리야.

젠 : 네, 그렇겠죠.

버스 정류장에서
누군가 인사를 했다, "안녕."
공원에서 만난 남자애,
벤.
내가 토했을 때
머리를 잡아 줬던 애다.

"네가 깨어나지 않자
다른 애들은 도망쳤어.
내가 구급차를 불렀지.
괜찮아?"

"괜찮아.
그냥 괜찮아."

나는 거의 괜찮아.
술도 끊었고

학교도 가고

공부도 하려고 해.

우리는 웃었다.

벤은 키가 매우 작지만

얼굴은 잘생겼다.

나에게 데이트를 신청하고 싶어 하는 게 보인다.

그렇다면, 난 아마 좋다고 할 것이다.

젠 _ 공작

엄마는 그레이스와 나를
주말에 블루마운틴으로 데려갔다.
숙소에는 오렌지빛 늙은 고양이와
보석 같은 깃털이 달린 공작과
숲 전체를 태워 버릴 만한
거대한 벽난로가 있었다.

일요일 아침
우리가 베이컨과 달걀을 먹고 있을 때
눈이 오기 시작했다,
부드럽게, 너무나 조용하게
그래서 처음에는
무슨 일이 일어나는지 몰랐다.

누군가의 기쁨의 함성으로
우리는 모두 밖으로 뛰어나가
얼굴을 들고

팔을 벌렸다.

고양이는 뭐가 뭔지 알 수 없는 표정으로
부엌으로 뛰어들었다,
하지만 공작은
아무렇지도 않게
날리는 눈보라 속에 서 있었다.
집으로 오는 길 내내
그레이스는 유리병에 받은 녹고 있는 눈을
꼭 안고 있었다.
그레이스가 아무 말도 하지 않았지만,
나는 찰리를 생각했다.
그리고 찰리도
눈 속의 공작을 볼 기회가 있었다면
하고 바랐다.

jinx

시리나 _ 그거 알아?

얘들아, 그거 알아?

나 코에 코걸이를 했어.

부모님이 알아채는 데는

일주일밖에 걸리지 않았다고.

jinx

젠 _ 심령술사 베티

나는 슈퍼마켓에서
찰리 아빠를 만났다.
찰리 아빠는 뭔가 잔뜩 사고 있었다.
애들이 주말에 저녁을 먹으러 온다고 한다.
계단 공포증은
어떻게든 극복한 모양이다.

찰리 아빠는
록데일의 벽돌로 된 방갈로에 살고 있는
베티라고 하는 심령술사를 만나고 있다고 했다.

찰리 아빠가 방문했을 때
유령이 떼로 함께 들어왔다고 한다.
베티는 그 유령들을 하나씩 묘사했는데,
찰리 아빠는 그중에서
자기 엄마와 암으로 죽은 이모
물에 빠져 죽은 사촌 피터

그리고 찰리를 알아볼 수 있었다.

'찰리는 지금 행복해요.'

베티가 말한다,

'그리고 당신이 어딜 가든

당신을 지켜 주고 있어요.'

찰리가 내 왼쪽 어깨 뒤에 있대,

계속 말이야.

이렇게 말하는 찰리 아빠는

기뻐 보였다.

심령술사 베티의 말을 단 한마디도 믿지 않지만

나도 기뻤다.

jinx

찰리의 엄마 _ 안전하게

나는 찰리를 가지고 있다,

찰리의 재를

안전하게

작은 상자에 담아.

어느 날

내가 충분히 강해졌다고 느끼는 날

찰리 아빠와 애들과

바다에 나갈 것이다,

그리고 우리는

찰리를 파도와 바람에 보내 줄 것이다.

젠 _ 착하고 키가 작은

시리나와 코니는

벤이 괜찮다고 생각한다.

얼굴이 잘생겼잖아,

애들은 말한다.

성격도 좋고,

옷도 잘 입고.

애들은

벤이 키가 매우 작다고 말하지 않는다,

그랬다간

내 마음을 상하게 할 거라고 생각해서.

나는 아무렇지도 않다,

단지, 벤이 그걸 신경 쓰지 않았으면 좋겠다.

벤은

키 때문에 사람들이 자기를 쳐다보고

비웃는다고 느껴서 공격적으로 생각한다.

벤은 언제나 내게 찰리에 대해 묻는다.

찰리는 잘생겼었어?

찰리는 똑똑했어?

너는 찰리를 사랑했어?

찰리는 키가 컸어?

찰리는 키가 컸어?

찰리는 키가 컸어?

아우!!!!!

jinx

벤 _ 별명

젠은 내가 착하고 친절하다고 생각한다.

젠은

사람들이 나를

땅꼬마나 멸치 같은 별명으로 부를 때

내가 얼마나 분노로 떠는지

나의 머리가 얼마나 터질 것 같은지 모른다.

엄마가 십 대였을 때

그레이스: 엄마가 십 대였을 때 얘기를 해 주세요.

엄마 : 난 아빠의 면도기를 훔쳐다 생전 처음
다리털을 깎았어.
거대한 여드름 한 개가 인생에서 생길 수 있는
최악의 일이었지.
거울을 한없이 바라보았던 기억이 나.
엄마가 나한테 거짓말을 했구나,
난 절대 예쁘진 못할 거야, 하고 생각했지.

그레이스: 엄만 예뻐! 엄만 예쁘다고!

엄마 : 고마워, 우리 그레이스.

그레이스: (생각에 잠겨) 젠 언니는 엄마랑 닮았어. 많이.

젠 : 맙소사!

코니, 사랑에 빠지다

코니는 여자 친구가 생겼다.

얌전하고 조용한

메간.

코니는 시끄럽고 활달하다.

학교를 졸업하면

둘은 함께 살 계획을 세우고 있다.

하지만 지금은

공공장소에서 껴안을 용기도 내지 못한다.

코니의 말에 의하면 그리스 사람들은

곳곳에 스파이를 두고 있단다.

"너희 엄마 아빠가 아시면 뭐라고 하겠어?"

젠은 묻는다.

코니는 머리를 흔들고,

머리카락은 얼굴을 가리고 있다.

"엄마 아빠는 스스로에게, 그리고 친구들에게

메간과 나는 그냥 룸메이트라고 말하겠지.

절대로 사실을 인정하지 않겠지.

'네가 행복하다니 우리도 좋다'고

절대로 말하지 않을 거야."

"우린 네가 행복하다니 좋아."

루스리스가 말했다.

"난 내가 누구인지, 그리고 뭘 원하는지 알았으면 좋겠어."

시리나가 말했다.

jinx

돌 또는 광물

젠은 기회를 봐서

루스리스에게

벤은 어떤 돌이나 광물인지 물었다.

루스리스는 대답했다.

"벤은 포획암이야."

그 단어가 너무 이상해서,

젠은 이야기를 돌렸다.

나중에 젠은 '포획암'을 찾아보았다.

'원래 있는 돌과

다른 이질적인 돌조각'

젠은 좋아해야 할지, 모욕받은 기분을 느껴야 할지 몰랐다.

젠은

앞으로 다시는 이 질문을 하지 않기로

마음먹었다.

젠 _ 스텔라는 아프다

스텔라는 아프다.

뭔가 계속 되풀이되어 왔던 일인 것 같다.

시궁쥐는 엄마에게

스텔라가 로즈베이에 있는

정신 병동에 있다고 했다.

그레이스는 스텔라에게 문병을 가고 싶어 하지만,

엄마는 허락하지 않았다.

그레이스가 병동의 환자들을 보면

슬프고 혼란스러울 것 같았던 것이다.

"그럼 젠, 언니가 가.

언니라도 제발, 제발 가."

나는 전혀 가고 싶지 않다.

하지만 그레이스가 애원하고 또 애원해서

결국에는 퉁명스럽게

"알았어, 갈게" 하고 말았다.

버스를 두 번이나 갈아타고 가야 하는데.

나는 스텔라를 좋아하지 않는다.

스텔라가 미쳤다는 걸 나는 원래부터 알고 있었다.

그래서 우리 아빠와 결혼한 것이다.

jinx

젠 _ 문병

나는 빨리 걸었다,
이파리가 반짝거리는 관목 숲에서
정신병자들이 튀어나올까 무서워서.

웅장하고 오래된 베란다는
담배 피우는 사람들로 가득했다.
푸른 담배 연기 사이로
어떤 남자가 "어이, 방문객님!" 하고 불렀다.

나는 그에게 미소를 지었다.
그는 웃음으로 답하더니
"젠장! 오늘 수경 재배 수업을 놓쳤네! 제길!" 하고 말했다.

나는 웃었다.
그러고는 마음이 편해졌다.
여기 있는 모든 사람이 다 미친 것은 아닐지도 몰라.

하지만 리셉션에는

어떤 여자가 바닥에

쓰러진 나무처럼 누워 있었다.

그 옆에는 남자가 그 광경을 바라보며

마치 곧 뛰어오를 듯 몸을 웅크리고 있었다.

그리고 한 젊은 여자가 나에게,

“어제 뭐 했는지 기억나?

오늘 뭐 했는지 기억나?” 하고 물어서

고개를 끄덕였더니, 그 여자는 울부짖으며

“난 기억이 안 나!” 하고 소리쳤다.

jinx
젠 _ 기다림

나는 라운지에서

스텔라를 기다리고 있다.

크림색 벽, 희미한 조명,

그저 그런 그림들, 두꺼운 카펫,

편안한 소파와 의자들.

미친 사람들을 위한 홀리데이 인 호텔.

TV는 켜져 있지만,

소리가 너무 작아 아무것도 들리지 않는다,

하지만 사람들은 어쨌건 TV를 응시하고 있다.

소독약과

포푸리 냄새가 나는 곳.

베란다에서 나에게 말을 걸었던 남자가

한가로이 걸어 들어왔다.

“여기 음식은 추천하지 않아.”

그는 말했다.

"어제는 치킨처럼 생긴 게 나왔는데,

사실은 퇴원한 환자였다고."

나는 웃었지만,

그가 다른 행성에서 온 두 명의 여자 친구 이야기를 시작하자

나는 그가 완전히 농담을 하고 있지는 않다는 것을 깨달았다.

그래서 스텔라가 어깨를 잡은 것은

다행이었다.

스텔라는 매우 피곤해 보였고, 천천히 말했지만,

최소한 스텔라는 자기가 누구인지,

여기가 어디인지는 알고 있었다.

jinx

벤 _ 내 나이 반밖에 되지 않는 애들

나는 멍청하지 않다.

내가 자괴감에 싸여 있다는 것을

나는 알고 있다.

하지만, 젠장, 내 나이 반밖에 되지 않는 애들도

나보다 키가 크다.

방학에 친구들은

슈퍼마켓 선반에 물건 쌓는 알바를 하는데

나는 요정 가게에서

엘프 역할을 맡아 달라는 부탁이 들어온다!

벤은 쿨하게 보이고 싶어 한다.

그래서 담배 한 갑을 사

정원 뒤로 나가

연습을 하고 있다.

라이터는 무슨 화염 방사기처럼

코를 태웠다.

젠이 화상 자국을 눈치채지 못해서

다행이지만,

벤은 젠이 자신에 대해

또 어떤 것들을 눈치채지 못하는지 궁금하다.

jinx
환상

벤은

키가 커지고,

근육질이 되고,

댄스파티에서 자기에게 여자애들이 달려드는

환상을 가지고 있다.

하지만 벤은 이미

약간 배가 튀어나와 있고,

동그랗고 작은 아저씨가 될 거고,

여자들이 자기를 귀여운 곰돌이라 부를 것을 알고 있다.

벤은 귀엽고 싶지 않다.

벤은 섹시하고 싶다!

젠 _ 잃어버린 아이들

나는 스텔라가 보내 주었던
종이와 오일 파스텔을 꺼냈다.
그리고 밤의 도시를 그리기 시작했다.
전체가 파랗고 회색으로,
그리고 노란빛의 웅덩이가 보이는 그림이었다.
"황홀해."
스텔라는 말했다.
"네 그림을 보니 다시 세상으로 나가고 싶어져."
스텔라는 침대 옆 전등 앞에 그림을 걸었다.
"잠들기 전에 이 그림을 항상 보려고."

그리고 우리가 정원을 산책할 때,
스텔라는 자기가 잃어버린 아이들 이야기를 했다.
세 명은 너무 일찍 태어나서 유산되었다.
스텔라는 가끔 너무 슬퍼
머리를 베개에 묻고
다시는 깨어나고 싶지 않다고 했다.

나는 무슨 말을 해야 할지 몰랐다.

결국, 나는 작게 말했다,

"꼭 같은 건 아니겠지만, 그레이스가 있잖아요."

스텔라는 미소를 지었다.

"사랑스러운 그레이스."

우리는 둘 다

"그리고 저도요"라는 말이 빠진 것을

눈치채지 못한 척했다.

스텔라 _ 비탄

겪어 본 사람들만이

비탄의 무게를 안다.

팔과 다리를

온몸을

축 늘어뜨리는 무게,

손가락 하나도

까딱할 수 있는 힘을

도저히 찾을 수 없도록 하는.

스텔라는 말한다.
"난 이곳을 견딜 수가 없어.
여기 사람들은 모두 망가져 있어."

스텔라에게 가장 스트레스를 주는 것은
캐서린이라는 여자다.
캐서린은 마치 이상적인 엄마 같지만,
십 대 아들에게 소리를 지른다.
"꺼져 버려! 난 네가 싫어!
난 잘나가는 내 딸이 좋아!"
하지만 캐서린의 잘나가는 딸은
절대로 병원을 방문하지 않는다,
슬픈 표정의 아들만 찾아올 뿐.

우리 위에는
나무 위에서 밤을 보내려 자리를 찾는
새들이 시끄럽다.

하지만 그 새소리조차도

캐서린이 말로 아들을 후려치며

쫓아내는 소리를 이기지 못했다.

jinx

시리나 _ 맞혀 봐

얘들아,

맞혀 봐.

나 왼쪽 발목에

나비 문신했어.

그리고 우리 부모님이 알아차리라고

그 앞에서 발가락을 꼼지락거려야 했다고.

젠 _ 얼어붙은 남자

마이클이라는 남자는

얼음이 되어 있다,

청바지를 입은 석상처럼.

하지만 누군가

탁구채를 가져오자

마이클은 깨어났다.

마이클은 빠르고,

민첩하며

공을 때리고

모든 점수를 얻는다!

게임이 끝나자

마이클은

다시 서서

얼어붙는다.

스텔라는 마이클에게서 눈을 돌린다.

스텔라는 말한다.

"난 운이 좋아, 젠.

난 나을 거야."

나는 고개를 끄덕인다.

나도 이곳에서 내가 운이 좋다고 느낀다.

젠 _ 어깨를 두드리는 손길

스텔라와 나는
디어드리와 친구가 되었다.
디어드리는 작고 가냘픈 여자애로
나보다 겨우 몇 살 많다.
디어드리는 걷다가
갑자기 한 곳에 멈춰
더 이상 움직이지 못한다,
누군가 어깨를 두드려 줄 때까지.
디어드리의 목표는
자기 집에서 가게까지
한 번도 안 쉬고 가는 것이다.

내가 디어드리와 시간을 보낸 후
반갑게 집으로 돌아가는 발걸음은
빠르고 탄탄하다.

시궁쥐가 나타났다.

"젠, 이야기 좀 할까?"

시궁쥐는 나를 새로 생긴 멋진 카페로 데려간다.

온 표면이 번쩍번쩍하고

사람 다리만큼 긴 후추갈이가 있다.

나랑 찰리가 다니던

후줄근한 커피 바와는 전혀 다르다.

나는 빵 조각으로 다리를 받쳐 놓았던

흔들거리는 테이블을 생각했다.

시궁쥐는 말한다.

"스텔라에게 문병을 가 줘서 고맙다고 말하고 싶었다.

네가 가서 스텔라에게 큰 도움이 되고 있어."

나는 어깨를 으쓱했다.

"그레이스가 하도 난리 쳐서 간 것뿐인데요."

시궁쥐: 나도 알아. 하지만 그래도.

나　　: 아빠 도망 안 가요?

스텔라가 돈은 많을지 몰라도

완벽한 아내감은 아니잖아요.

시궁쥐: 난 도망치는 건 이제 질렸다.

내가 너희 엄마와 너와 그레이스를 떠났을 때…….

미안하다. 정말로.

나　　: 흠…….

시궁쥐는 내 손가락을 만졌다.

나는 손을 빼서

허벅지에 얹었다.

하지만 입 가장자리가 웃고 있는 것을

나는 느낄 수 있었다.

코니 _ 멋진 일

누군가의 팔 안에서

잠드는 건

정말 멋진 일이야.

젠 _ 나는 여자다

그레이스가 첫 생리를 했다.

"나는 여자다!"

그레이스는 벤과 시궁쥐와 스텔라와

집에 전화하는 누구나에게 다 말한다.

"나는 여자다!"

그레이스는 옆집 지노에게도 이야기하고

모퉁이 가게의 마리아에게도

그리고 문 앞까지 찾아온 여호와의 증인에게도 말했다.

"이제 다시는 우리 집에 안 오겠는데!"

나는 깔깔 웃었다.

엄마는 초콜릿머드케이크를 사 왔다.

우리는 축하를 했다.

"나는 이제 여자야."

그레이스가 말했다.

"나 귀 뚫어도 돼?"

엄마와 나는 서로 쳐다보았다.

그레이스를 말릴 수는 없을 것이다!

"그건 훨씬 더 나이 든 여자가 하는 거야."

엄마가 엄숙하게 말했다.

"그건 내가 아기 낳기 전을 말하는 거야, 후를 말하는 거야?"

그레이스 역시 엄숙하게 말했다.

엄마는 거의 숨을 못 쉴 뻔했다.

"그냥 농담이야!"

그레이스가 말한다.

jinx

벤의 엄마

벤의 엄마는 옷 가게에서 일한다.

밑단을 수선하고 있다.

젠은 벤의 엄마가

답답한 칸막이에서 몸을 구부리고

입에는 핀을 가득 물고

땀 냄새 나는 신발과 발냄새를

들이마시지 않으려고 하는 것을 상상한다.

“난 발목 전문가야.”

벤의 엄마는 웃으면서 말한다.

벤 엄마는 젠에게 자기의 진짜 작품을 보여 주었다.

교외의 일상으로 만든 작은 태피스트리,

그 안의 작은 사람들은 너무나 생동감이 넘쳐

바늘땀을 뚫고 튀어나올 것만 같았다.

"정말 멋있어요."

젠은 말했다.

젠은 자기의 희미한 그림을 생각하고는,

오랜만에 처음으로,

그리고 정말로

자기 주위에 무엇이 있는지 보고 싶은 마음이 생겼다.

벤의 엄마는 나에게 얘기했어.

"남편은

벤이 아기였을 때 자동차 사고로 죽었어.

나는 절망에 빠졌지,

난 벤을 돌봐 줄 수조차 없었어,

벤은 오랫동안 시설에 있었어."

"나중에 나는

벤이 먹지도 않고, 놀지도 않고

그냥 요람에 누워 벽만 바라보고 있었다는 것을 알게 되었어.

아기들은 자라려면 사랑이 필요해,

그런데 벤은

내가 자기를 사랑하기를 절대 멈춘 적이 없다는 것을

알지 못했어."

jinx

기다리기

그녀는 자신의 아들이
밤중에 시내에서 노는 것이 걱정스러웠다.
그러다가
강도라도 당하면
얻어맞기라도 하면
찔리기라도 하면
살해당하기라도 하면.

하지만 자신의 두려움이
아들에게 전염되는 것도 걱정스러웠다.

그래서 웃으면서 말한다.
"너무 늦게 오지는 마."
그러고는 침대로 가서
불을 켜지 않고 드러누워 있었다,
벤의 열쇠에 문의 자물쇠가 돌아갈 때
엄마가 기다리고 있었다는 것을 알지 못하도록.

jinx

젠 _ 그냥 친구

벤은 우리가 함께 있을 때
내 손을 잡는 걸 좋아한다.
벤이 자랑스러워하는 걸 알지만,
난 바보 같은 기분이다,
우리가 그냥 친구라서
더욱더 그렇다.

나는 손을 빼지 않는다.
벤을 바라보면
슬퍼하는 아기가 보인다.
나는 내가 벤을 사랑할 수 있었으면 하고 바란다.

jinx

쇼핑

벤이 콘돔을 들고 다닌 것은
벌써 2년째이다.
벤의 엄마는 빨래하기 전에
주머니를 확인하다
그것을 발견했다.
거의 버려진,
희망으로 축축이 젖은
작은 파란 포장은
구겨져 있었다.

벤의 엄마는 약국에서의 벤을 상상한다.
분홍빛으로 달아오른 귀,
머뭇거리면서
데오드란트를
면도 크림을
면도날을
기침 드롭스를

뭐라도 사는 모습을.

벤의 엄마는

벤이 열일곱에 애 아빠가 되길 원하지 않는다.

그래서 자기가 사러 간다.

jinx

단순한 것으로

벤의 엄마는

콘돔들의 어리둥절한 배치를 바라본다.

부드러운 실크 감촉의

골지의

초박형의

무지갯빛의

어둠 속에서 빛나는 것도 있다!

한 여자애가

(분명 한 열두 살밖에 안 된 것 같은데!)

"도와드릴까요?" 하고 묻는다.

벤의 엄마는 이 여자애가 무슨 생각을 하는지 안다.

'섹스를 하기엔

이 아줌마는 너무 늙고 못생겼잖아!'

말을 저절로 더듬게 된다,

"내가 쓰려고가 아니고, 우리 아들."

그러고는 모든 것을 포기한 채 어깨를 으쓱한다.

"뭘 골라야 할지 모르겠어요."

다행이라는 듯

여자애는 장황한 설명을 시작한다.

가게의 모든 사람이

듣고 있는 것만 같다.

벤의 엄마는

단순한

하지만 품질이 최고라는 것을 사고

아무렇지도 않게

엄마가 아들 콘돔을 사는 건

지극히 정상인 듯 가게를 나선다.

아마도 그것이 정상은 아니겠지만,

벤 엄마는 그것을 물어볼 다른 엄마를 아무도 알지 못했다.

jinx

양말 사이

벤은 창피해 죽을 것만 같다.
엄마가 콘돔을 사서
양말 사이에
단정히 넣어 놓은 것이다.

도대체 무슨 참견이지!
제발 좀 가만히 계세요!

어쨌든
벤과 젠은
섹스를 하고 있지 않고,
아마도 절대로 하지 않을 것이다.
젠은 벤을 친구로 좋아한다,
그것뿐이다.

엄마,
엄마!

jinx

젠 _ 풀어 줘

정신 병동의 소녀, 디어드리는

시청사 바깥의 보도블록

한복판에 있다.

지나가는 사람들은

마치 전염병이라도 걸릴까 걱정하듯

디어드리를 피해 간다.

“젠!”

디어드리는 말한다.

“나 또 갇혔어.”

디어드리의 미소는 너무나 슬픔이 가득하고 용감해서,

나는 나에게

디어드리를 풀어 줄 마법의 힘이 있었으면 한다.

하지만 내가 할 수 있는 일은

디어드리의 어깨를 두드려

오늘 갈 길로

보내 주는 것뿐.

나는 벤을 바라보는

루스리스의 눈길을 보았다.

루스리스는 벤을 좋아한다,

나보다 훨씬 더.

하지만 루스리스는

벤을 빼앗을 생각은 절대로 하지 않을 것이다.

게다가 벤은

나에게 완전 반해 있다.

왜 사람들은

잘못된 상대와 사랑에 빠질까?

jinx

젠 _ 믿을 수 없는 일

벤이 죽었다.

아직
무슨 일이 일어났는지 정확히 알 수 없다.
벤은 그냥 친구들과
그냥 펍 바깥에 있었을 뿐인데
싸움이 났다고 한다.
그래서

믿을 수 없게도

벤은 죽었다.

엄마가 이 얘기를
한밤중에 나에게 했다.
엄마는 낡아 빠진 양모 잠옷을 입고
온몸을 덜덜 떨고 있었다.

전화가 왔다고 했다.

벤의 엄마에게서.

엄마는 울기 시작했다.

불쌍한 벤 엄마

불쌍한 우리 젠

젠, 정말 미안하다.

엄마는 말을 멈추고

나를 바라보았다.

커다랗게 뜬 엄마의 눈은 공포에 질려 있었다.

나 때문에 공포에 질린 것이었다.

jinx
비틀거리다

나는

머리를 야구 방망이로

얻어맞은 것만 같다.

나는 비틀거린다.

모든 것이 비현실적이다.

jinx
검시

사람들은 벤을 병원으로 데려가
사망을 선고했다.
단정한 소포처럼
흰 시트에 감싸서
손수레에 실어
터널을 지나
검시소로 데려가
냉장고에 그를 밀어 넣었다.

벤의 엄마가 비명을 지르며
도착하여
그의 신원 확인을 할 때까지.

물론,
검시가 있을 예정이다.
타일이 깔린 바닥
흰색 카운터

양동이

긴 비닐 가운을 입은 의사들,

장화와 장갑들

피투성이의 백정들,

두개골을 톱질해

머리를 뜯어내

뇌를 꺼내

쇠 쟁반에 받쳐

무게를 달고

시험해 보겠지

다른 장기들도,

심장, 폐, 비장,

온몸을 톱질하고

수술대를 물로 씻고는

결론에 이르러

보고서를 작성한다.

jinx

바늘땀

그들은 벤의 머리를 밀었다.

그의 머리를

캔 뚜껑처럼 열고는

다시 꿰매어 놓았다.

얼기설기.

벤 엄마는

엉망이 된 아들의 몸 위에서 운다.

엉망인 바늘땀 위에서

의사들이 우리 아들에게

어떻게 이럴 수가 있지?

벤 엄마의 손가락은

바늘땀을 다시 풀어

벤을 다시

기술과 정성으로 다시 꿰매기를 갈망한다.

원시성의

젠은 검고 두꺼운

목탄으로

이상한, 유치한 그림을 그린다.

팔과 다리가 달린 사람들이

머리 위로 나오는 그림을.

하지만 그들의 눈과 입은

전혀 유치하지 않다.

미술 선생님은 말한다,

“원시적이야, 세다.”

하지만 젠은

그 그림들을 볼 때마다

소름이 끼쳤다.

jinx

젠 _ 나는 유명해

학교에서 나는 유명하다.

나는 남자 친구들이 죽는 여자애다.

내 친구들은 중요한 사람이 된 것만 같다.

암탉처럼 내 주위에서 날 돌본다고 난리다.

하지만 적들은 나를 쏘아보고,

그 눈길은 교활하다.

한 명은 속삭였다.

"징크스!"

아프라고 한 말이었지만,

나는 마음에 들었다.

나에게 적당한 이름이라면,

내가 가져야겠지.

젠은 잘 가.

안녕, 징크스.

나는 가족들에게 이제부터
내 이름은 징크스라고 선언했다.
그레이스는 그게 무슨 뜻인지 몰랐지만,
엄마는 끔찍해했다.
"넌 징크스가 아니야!
이 모든 건
너와 전혀 상관없이 일어난 일이라고.
네 잘못이 아냐!"

아마 그럴지도 모른다.
하지만 나는 사랑하기엔 재수가 없는 사람이다.

나는 선생님들에게 내 이름은 이제 징크스라고 선언했다.
다른 이름으로 부르면 대답하지 않겠다고.
선생님들은 눈썹을 치켜올리며
어깨를 으쓱했다.

우리 반에는

머리카락을 보랏빛으로 염색하거나

문신을 하거나

코걸이를 하거나

치마를 엉덩이가 다 보이도록 걷어 올리고 다니는 애들도 있다.

이름 정도 바꾸는 것은 사실 상당히 얌전하다 할 수 있다.

하지만 학교 상담사는

꽃무늬 치마를 휘날리고, 귀걸이를 펄럭거리면서

동정심을 온몸으로 발산하며

운동장을 가로질러 나를 쫓아왔다.

"얘기 좀 하자. 나랑 얘기 좀!"

퍽이나.

jinx
징크스 _ 그 남자애

조사가
시작되자
사람들은
벤을
놀린
남자애를
지목했다.

바로
커피 바의
그
기린 같던
남자애였어!
해리?
아니.
할.

그는

엄청

말라서

나는

그의

목을

내

엄지손가락으로

부러뜨릴 수도

있다.

jinx

징크스 _ 사고

할이라는 소년은

증언을 했다.

눈은 텅 비어 있었고,

목소리는 차가웠다.

그것은 사고였다.

아무도 할을 탓하지 않았다.

하지만 나는

그가 벤을 전혀 상관하지 않는 것 때문에

그를 증오한다.

결론

벤은

숨 가빠하며

발을 헛디뎌

쓰러졌다.

벤의 두개골은

얇은 것으로 밝혀졌다.

도로 경계석에 머리를 부딪치자마자

벤은 즉사했다.

그냥 운이 없었던 것이다.

jinx

두 마디

두 마디,

그리고 한 남자애는 죽었다.

할은 울면서 잠에서 깼다.

자기가 한 말이

별것 아니었기를 바라며.

"땅꼬마, 조심해!"

할은 앉아서

양손으로 마른세수를 했지만

생각을

그렇게 쉽게 씻어 낼 수는 없었다.

단 두 마디,

그리고 한 남자애는 죽었다.

할은 친구들과 걷고 있었는데,

어떤 애가 부딪쳐 왔다.

화가 나서 "땅꼬마, 조심해!"라고 한 것이다.

그 남자애는 확 화를 내더니,

발을 헛디뎌

머리가 깨지고 말았다.

단 두 마디,

그리고 한 남자애는 죽었다.

나무 위의 흙

유대인 묘지는 황량했다.

나무도 별로 없고, 꽃도 없었다.

무덤 파는 사람 둘,

그리고 흙무더기가 있었다.

벤의 엄마와 친구들은 각자

세 번의 삽질로 흙을 관 위에 덮었다.

하나 둘 셋, 하나 둘 셋, 하나 둘 셋.

징크스는 오래된 의식의 일부가 된 것 같은 느낌이 들었다.

나무 위에 흙이 떨어지는 소리에는

정말 이상하게도 위안을 주는 무언가가 있었다.

벤은 살았다가,

벤은 묻혔다.

하나 둘 셋, 하나 둘 셋, 하나 둘 셋.

jinx

징크스 _ 악한 눈

나는 공작을 그리고 있다.

꼬리를 펼치고

곧장 시끄럽게 울부짖으려는 듯

부리를 열고 있다.

깃털의 눈 모양 문양 위에

나는 사람의 눈을 그려 넣었다.

나의 눈들.

미술 선생님은 그림을 칭찬했다.

훌륭하고,

사람 눈 부분이 마음에 걸리긴 하지만

매우 생동감이 있다고.

선생님은 물었다.

공작 깃털의 문양이

악한 눈의 상징인 것을.

불운의 가장 좋지 않은 형상인 걸 알고 있냐고.

나는 미술 선생님을

놀란 것처럼 눈을 크게 뜨며 바라보았다.

어쩌면 미술 선생님은 불현듯

나의 새 이름이 징크스인 것을 기억한 것 같았다.

왜냐하면 갑자기 저쪽으로 사라져

나에게 더 이상 말을 시키지 않았기 때문이다.

jinx

벤의 엄마 _ 심장들

심장들은 그냥 부서지지 않아.

그렇다면, 너무 쉽고, 너무 빠른 거겠지.

무슨 접시를 떨어뜨리는 것처럼.

심장들은

으스러지고

잘리는 거야.

심장들은

다른 모든 장기로 피를 흘리지.

그 고통이 너무나 심해서

더 이상 참을 수 없어

네 머리를 찢어 내어 버리고 싶을 때까지.

jinx
베수비우스 화산

징크스는 운이 좋다.
보통은 여드름이 나지 않는데,
여드름이 났다 하면,
거의 베수비우스 화산 같은 게 난다.

지금 현재 이마 바로 아래 피부에
한 곳이 지글지글 끓고 있다.
물론 곧 폭발할 것이다,
학교에서 자리에서 일어나거나,
숙제를 제출하거나
파티 날 밤에.

jinx

징크스 _ 조심해

그레이스는 내 이마의

툭 튀어나온 부분을 만진다.

“이게 뭐야?”

그레이스가 물었다.

그건 그냥

내가 예순다섯 살이 되어도 그 자리에 있을지도 모르는

짜증 나는 여드름일 뿐이지만

뭔가 나를 폭발하게 만들었다.

“이건 나의 악한 눈이야.

조심해! 조심해!”

그레이스는 뒷걸음질을 쳤다.

“농담이야.”

나는 말했다.

“미안.”

그레이스에게 겁을 줘서는 안 되는 것이었다.

나는 못됐다, 못됐다, 못됐다.

벤의 엄마 _ 괜찮아

은행 직원이 묻는다.

"어떠세요?"

그럼 나는 대답한다, "괜찮아요, 감사해요."

그렇게 말하는 것 아닌가?

내가 만약 사실을 말한다고 생각해 보라.

"내 아들은 죽었어요.

그리고 지금 당장

나도 죽었으면 좋겠어요."

사람들은 끔찍한 일이 일어났다는 것을 모르고,

당신이 속에서 죽고 있다는 것을 모른다.

그냥 옛날 방식대로 하는 것이 가장 나을지도.

검은색 옷을 입고,

낯선 사람들도 지금이 애도 기간이라는 것을 알고

어떻게 대답해야 할지 아는 것이 나을지도 모른다.

하지만 요즘은 모두가 검은색 옷을 입는다.

jinx

시리나 _ 얘들아

얘들아,

나 엄마 지갑에서 50달러를 훔쳐서

긴치마를 샀어.

가게에서 봤을 땐 진짜 근사했는데,

집에서 보니 별로야.

내 옷장에는 내가 좋아하지도 않는 옷들이 가득해.

jinx
징크스 _ 닥쳐

나는 내가 찰리에게 했듯이

벤을 애도할 수 없다.

나는 못되어지고

나는 차가워진다.

학교에서 어떤 애들은

나에게 심하게 대한다.

내 악한 눈으로 걔들을 상대하면

애들은 조용해진다.

나는 못되어지고

나는 차가워진다.

jinx
징크스 _ 나는 상관없어

루스리스는 말이 없고 눈은 빨갛게 부어 있다.

나는 루스리스가 밤마다 벤 때문에 울고 있는 걸 안다.

나는 루스리스에게 말하고 싶다,

"네가 벤을 좋아했던 거 알고 있어. 나는 상관없어."

나는 루스리스에게

같이 벤의 엄마를 보러 가자고 한다.

벤 엄마와 루스리스는 이야기를 하고

사진을 들여다본다.

둘은 이미 친구이다.

벤의 엄마 _ 홀로

장례식이 끝나자
더 이상 꽃들이 오지 않고,
전화도 오지 않고,
사람들도 오지 않았다.

나는 혼자다, 잠옷 바람으로,
울고 있다.

문을 두드리는 소리가 들린다.
루스리스다.

나는 이렇게 젊은 아가씨가
나와 함께 앉아
나의 기억을 듣고 울어 주는 것이 고맙다.

나는 이 집을
사당으로 만들진 않겠다.
하지만 그 애 모자는
마루 옷걸이에 남겨 놓겠다.
크리켓 방망이도
벽에 걸어 놓겠다.

나는 그 애의 이름을
말할 수 있었으면 좋겠다.
당황하거나
나를 힘들게 할 걸 염려하지 않고
다른 이들이 그 애 이야기를 했으면 좋겠다.

우리가 이야기를 나눌 수 있다면,
우리는
그 애의 얼굴을 보고,
그 애의 목소리를 들을 것이다.

그 애는 우리 안에서

조용히 살아갈 것이다.

jinx
눈길 끌기

학교가 끝나고

시리나는 쇼핑센터에 가서

같이 놀자고 친구들을 꼬드겼다.

시리나는 치마를 걷어 올려 입고,

립스틱을 바르고

가죽 재킷을 입었다.

그리고 누구보다도 큰 소리로 이야기하고 웃었다.

눈길을 끄는 시리나,

하지만 자기 엄마의 눈길은 아니다.

시리나 엄마는

할 일 목록을 하나하나 지워 나가는 데 열중하며

또각또각 구두 소리를 내며 시리나를 지나쳤다.

jinx
징크스 _ 모두들 이야기한다

학교에서

기차역에서

버스 정류장에서

모두들

무슨 일이 있었는지 얘기한다.

할이 어디 사는지 알아내는 것은

쉬웠다.

어느 날 오후 나는 걸어서 그의 집으로 찾아갔다.

커튼은 닫혀 있었고,

앞뜰은 잡초 뽑기가 시급해 보였다.

나는 오래 머물지 않았다.

나는 다시 올 것이다.

jinx

살인자

낙서는

시내에서

흔한 일이다.

마치 영역 표시처럼.

하지만 할의 집

벽에는

'살인자'라고 쓰여 있었다.

박박 문질러 지우고

그 위에 페인트를 칠했지만,

아직도 보인다,

마치 그림의

밑그림처럼.

jinx

할 _ 원망

저 밖의 누군가
나를 원망하고 있다,
나를 증오한다.

벽에
써 있는
그 단어를 보았을 때
나는
복부를
심하게
가격당한 것 같았다.

나는 엄마가
그걸 못 보도록 노력했지만,
엄마는 보고야 말았다.

그걸 누가 썼든지

나는 그를 증오한다.

나는 그를 절대로 용서하지 않을 것이다.

jinx
징크스 _ 스포트라이트

밤에

나는 거리의

전화 부스를 이용한다.

나는 목소리를 일부러 거칠게 낸다,

“당신 아들은 살인자야!”

나는 그 여자가 수화기를 떨어뜨리는 소리를 듣는다.

남자 목소리가 말한다.

“당신 누구요? 왜 이러는 거지?

내 아내는 아픈 사람이오, 우릴 내버려 두시오.”

달빛은 스포트라이트 같다.

나는 미끄러지듯 집으로 돌아온다.

jinx
징크스 _ 못된 징크스

나는 역사 시험 공부를 하려고 하고 있다.

하지만 그레이스는 〈사운드 오브 뮤직〉을

또 본다!

늙다리 줄리 앤드류스가 노래를 꽥꽥거릴 때마다,

그레이스는 소리를 키우고, 키우고, 또 키운다!

나는 방을 가로질러 뛰어가,

비디오를 꺼 버리고

그레이스를 나의 악한 눈으로 째려보며

쏘아붙인다.

"내가 '솔'이라고 말할 때까지 움직이지 마."

그레이스는 깜짝 놀라 나를 바라본다.

입은 벌리고 있는 채다.

나는 20분 동안의 평화를 누렸지만,

엄마가 들어와 그레이스에게

저녁 차리는 것을 도우라고 했다.

그레이스는 이를 악문 채로, 조그만 목소리로,

"나는 움직일 수가 없어. 징크스의 악한 눈이 날 보고 있어."

엄마는 기가 막혀 했다.

엄마는 소리를 질렀다.

"어떻게 그레이스한테 그럴 수가 있니?

넌 못되게 행동한 적은 한 번도 없었잖아.

도대체 왜 이러는 거야?"

나도 몰라.

나도 몰라.

나도 몰라.

jinx

친구들

징크스와 루스리스는 함께

토양의 침식에 대한 지질학 숙제를 하고 있다.

징크스는 자기가

토양이 아래로 침식되고 있을 때

언덕 위에서 버티고 있는 나무들 중 하나처럼 느껴졌다.

어느 날인가 그냥 넘어지고 말겠지.

하지만 루스리스는 말한다,

"모든 나무들이 쓰러지는 것은 아니야,

어떤 나무들은 둥치를 휘어서

빛을 향해 자라나지."

jinx

추접한 비밀

아무에게도 말하지 않았다.

할에게 어떤 짓을 하고 있는지.

어둡고 추접한 비밀이었다.

어쩌면 루스리스는 알고 있을지도 몰랐다.

왜냐하면, 이렇게 말했기 때문이었다.

“그 할이라는 애는 굉장히 마음이 안 좋을 거야,

사실 걔 잘못이라고 할 수도 없는데,

그렇지 않아, 징크스?”

jinx

단층선*

보통은 토요일 밤에는

모두 모여 뭔가를 함께 하곤 했다.

영화관에 가거나

피자를 먹으러 가거나

비디오를 보거나.

하지만 코니는 메간에게 빠져 있었고,

시리나는 혼란한 상태로 헤매고 있었고,

징크스는 징벌에 착수했고,

루스리스는 혼자

지진과 지진학 책과 시간을 보내고 있었다.

루스리스는 그들의 우정이 지금 바로

단층선에 직면해 있다고 생각했다.

어떤 순간이라도

압력이 너무 많아진다면,

모두 갈갈이 찢어지고 말 것이다.

*단층면이 지표면과 만나는 선. 지진이 발생하는 판의 접촉면.

jinx

징크스 _ 다른 세상

엄마는 그레이스와 나를
남해안으로 며칠 데려간다.
우리는 집을 빌렸다.
허름하지만, 바닷가 바로 앞에 있었다.

수영하긴 너무 춥지만,
그레이스는 바위 사이에 따뜻한 물이 고여 있는 곳을 발견했다.
그레이스는 커다란 행복한 아기처럼 그 앞에 앉아
손가락 사이로 모래를 흘려 보내고 있다.

나는 해안가를 터덜터덜 걸으며
파도가 풀어지는 것을,
마른 모래가 바람에 날리는 것을 바라보았다.
내 오른쪽으로는 숲이 한 자락 펼쳐져 있고
내 뒤에는 검은 바위들이다.

밤이면 달은 거대해 보였고,

구멍 같은 별로 뚫려 있는 하늘은

칠흑처럼 까맸다.

여긴 다른 세상이야.

나는 작고

보잘것없는 존재가 된 것 같은 기분이 들었다.

작고 못된.

jinx 가장 창피했던 순간

징크스 : 엄마는 지금까지 있었던 일 중 가장 창피한 일이 뭐였어요?

엄마 : 글쎄, 우리 사라 대고모 기억나지?
너희들이 어렸을 때 너희를 정말 귀여워하셨는데,
나중엔 연락이 끊겼지.
몇 년이나 지나고 나는 사라 대고모가 많이 아파서 병원에 계시고, 누가 문병을 좀 가 주면 좋을 처지라는 걸 알게 되었어.

징크스 : 별로 창피한 얘기 같지 않은데.

엄마 : 좀 기다려 봐, 이제 시작된다고.
사라 대고모는 온몸에 주렁주렁 튜브를 달고,
말도 할 수 없어서, 나만 말을 했어.
한 두어 시간 정도. 모든 걸 세세히.
너희들이 학교에서 뭘 하고, 내가 직장에서 어떻게 되었는지, 끝없이 떠들었지. 상당히 힘들었어.

징크스 : 그래서요.

엄마 : 집에 왔는데, 병원에서 전화가 온 거야. 사라 대고모가 왜 내가 안 왔냐고 했대. 그러니까 내가 전혀 모르는 사람에게 내 모든 사생활을 떠벌린 거였어!

징크스 : 나쁘지 않네. 그러고는 어떻게 되었어요?

엄마 : 나는 다음 날 다시 가서, 사라 대고모를 만났지. 그리고 그 여자분에게 사과를 하러 갔어. 하지만 그분은 이미 거기 없었어.

징크스 : 엄마 때문에 지루해서 죽어 버린 거 아닌가.

엄마 : (생각에 잠겨) 그런 것 같지는 않아. 내가 너 학교 콘서트에서 있었던 얘기를 했을 때 튜브가 분명히 움직인 것 같았거든.

징크스 : 엄마!

그레이스: 무슨 일이었는데요? 나도 말해 줘, 나도!

징크스 : 엄마, 그 말 하면, 진짜 죽을 거예요.

엄마 : 그렇다면, 말 안 해야지.

그레이스: 나도 비밀 있어, 알겠지, 그리고 절대로, 엄마랑 언니에게 말해 주지 않을 거야!

jinx
징크스 _ 고집스러운 작은 것

오후 늦게

우리는 바닷가를 거닌다.

모래 위에는

이집트 상형 문자처럼 신비로운

갈매기 발자국이 나 있다.

그레이스는

다리가 하나 있는 갈매기를 보고 엄청 걱정했다.

다른 갈매기들이 놀리면 어쩌냐고,

먹이 경쟁에서 뒤처질 거라고.

하지만 그 갈매기는

튼튼하게 깡총깡총 뛰고 있었다,

고집스러운 작은 갈매기.

그레이스는 웃었다.

이제서야

바람에 휘날리는 연을

즐길 수 있다.

jinx

징크스의 엄마 _ 위험

바람이
밤이나 낮이나 계속해서 분다.
가게 남자는 퉁명스럽게 말한다.
"이놈의 바람 때문에 미치겠소."
그의 눈에는 이상한 번뜩임이 있고,
진열장에는 공포 영화가 가득하다.
나는 빵과 우유를 집어 들고
다시는 그 가게에 가지 않았다.

밤,
바다의 가장자리는
자장가 같다.
하지만 나는 곧
자장가에는
위험과 경고가 가득하다는 것을 기억한다.

나는 그레이스와 징크스를 확인한다.

그레이스는 항상 잠잘 때 하듯

부드럽게 쌕쌕 소리를 내고 있지만,

징크스는 미동도 없이 조용하다.

나는 징크스 위에 몸을 굽혀 본다.

징크스가 아주 아기였을 때

숨 쉬고 있나 확인했던 것처럼.

jinx

징크스는 꿈꾼다

징크스는 찰리의 꿈을 꾼다.

찰리는 커피 바에 있다.

목탄의 검은색 위에

빛나는 머릿결은 광이 난다.

오른쪽 손은

할의 어깨 위에 놓여 있다.

징크스는 외친다.

"찰리!"

찰리는 몸을 돌려

징크스를 바라본다.

얼굴은 창백하고

비난의 표정이다.

징크스는 찰리가

할을 보호하고 있다는 것을 깨닫고

충격을 받는다.

jinx
고백

소문이 떠돌고 있다,

회계 부서의 어떤 여자가

같이 일하는 남자에게

사랑을 고백했다고.

불행히도

그 남자는 그 여자를 조금도 사랑하지 않았다.

징크스 엄마가 이 소문을 들었을 때

스스로의 얼굴이 빨개지는 것이 느껴졌다.

목, 얼굴, 귀까지

완전히 빨갛게.

징크스 엄마는 화장실에 가 문을 걸어 잠그고

눈을 꼭 감고,

팔로 구속복처럼

자기를 옥죄었다.

너무 여러 번이나

거의

자신의 사랑을 그 남자에게

일주일에 한 번씩 밥을 같이 먹는 그 남자에게
고백할 뻔했던 것이다.
신이시여, 고백 안 한 걸 감사합니다!

엄마는 얼굴에 물을 끼얹고
머리를 빗고
다시 일하러 갔다.

jinx

코니 _ 손을 잡고

내가 원하는 건

우리가 길을 함께 걸을 때

내 여자 친구의 손을

잡는 것밖에 없다.

엄마와 그레이스는

선생님과 학부모 인터뷰를 하러 갔다.

집 안은 어둡지만

비어 있진 않다.

선반은 삐걱거리고

문이 활짝 열린다.

나는 내 목 뒤의 차가운 입김을 느낀다,

찰리!

나는 말하고 싶다.

나는 절대로 잊지 않을 거라고, 내 일부는

언제나 찰리를 그리워할 거라고, 언제나 사랑할 거라고.

하지만 나는 찰리가 여기 온 이유가 그것이 아니라는 걸 안다.

"할을 찾아 낼게."

나는 약속했다.

"내 행동을 보상할게."

jinx
징크스 _ 찾기

징크스는 커피 바를 서성인다.

기린,

그 남자애, 할을 찾고 있다.

겨우, 할이 보인다.

할은 혼자 있다, 허공을 응시하며.

커피 바는 북적인다.

할을 밀치고

손에 든 물컵의 물을 쏟는 건 간단한 일이었다,

무슨 소리를 들을지 마음의 준비도 되어 있었다,

'조심해, 미친년아!'

하지만 할은 미소를 짓고,

괜찮다고 하고는,

물을 더 떠다 준다.

갑자기 둘은 함께 앉아

편하게 이야기를 하고 있다.

마치 오랫동안

평생 동안 알아 왔던 사람들처럼.

징크스는 사과하고 싶다.

미안하다고,

낙서한 것을,

전화한 것을.

하지만 그랬다간 할은

징크스가 얼마나 끔찍한 인간인지 알게 되겠지.

날카로운 초록빛 눈은

징크스를 구역질 난다는 시선으로 보게 되겠지.

우리는 커피 바에 오래 머물러 있지 않았다.

할은 방과 후 교실로

동생들을 데리러 가야 했다.

그날 밤 나는 다시 찰리의 꿈을 꾸었다.

우리는 바닷가 집에서 함께 있었다.

창문을 내다보며.

아무것도 움직이지 않는다.

바다도 하늘도 모래도.

갈매기들조차도

돌처럼 미동도 없다.

마치 세상이 멈춘 것만 같다.

"날 가만히 놔둬."

나는 화난 듯 말했다.

"내가 다 바로잡을 거야."

하지만 어떻게? 그리고 언제?

jinx

두 사람을 위한 차

밤늦게

할은 어두운 방을 더듬어

길을 찾는다.

냉장고의 코 고는 소리,

이상하게도 편안한 소리다.

부엌 방 밑으로 비쳐 나오는

노란 불빛과 함께

냉장고 소리 때문에 덜 외롭다.

할의 엄마는 식탁에서

차 한잔을 손에 쥐고 몸을 구부리고 앉아 있었다.

엄마는 할을 보고 웃는다.

"나도 잠이 안 오네?

차 한잔 할래?"

할은 고개를 끄덕인다.

할은 눈을 뗄 수가 없다.

엄마가 가발을 쓰지 않은 모습은

이전에 본 적이 없다.

가발이 덥고 가려워도

엄마는 언제나 가발을 쓰고 있다,

어린애들을 무섭게 하지 않기 위해서.

“엄마가 흉하지.” 엄마는 말한다. “미안해.”

“엄만 예뻐요.” 할은 말한다.

진심이다.

엄마의 두개골 모양은

놀랍게도 아름다웠다.

엄마는 할의 손을 잡고

자신의 뺨에 가져다 댄다.

“너와 아빠가 있어서 나는 참 운이 좋아.”

jinx
날아가다

시리나가 일곱 살 때

시리나는 가출했다.

길 저쪽 맨 끝까지.

저금통과

나달나달한 초록 토끼 인형과

땅콩잼샌드위치를 싸서.

이번에는 짐을 싸고

저금한 돈을 모두 인출하고,

부모님을 위해

아리송한 단서들이 가득한 지도를 남긴다.

지도를 잘 볼 정도로 성의가 있다면,

부모님은 시리나가

무인도로 날아갔다는 것을

알게 될 것이다.

jinx
징크스 _ 쇼핑

쇼핑센터에서

나는 할을 보았다.

할은 커다란 쇼핑백들을 안고

메뚜기처럼 뛰어다니는 두 어린 남자애를 돌보려고

안간힘을 쓰고 있었다.

"안녕."

나는 말했다.

쇼핑백이 터지고,

레모네이드병이 땅으로 퉁 떨어져

통로로 데굴데굴 굴러갔다.

아이들은 병을 쫓아 뛰어가다,

한 명이 발로 병을 찼다.

할은 신음 소리를 냈다.

나는 병을 줍고 아이들을 데려다주고

집까지 쇼핑백을 들어다 주겠다고

자청했다.

집이 두 블록 밖에 떨어져 있지 않은 것을 나는 알고 있다.

아이들, 샘과 브라이언은

내 이름을 듣고 열광적으로 재미있어했다.

"징크스."

둘은 합창하듯 소리쳤다.

"징크스, 밍크, 링크, 스핑크스!"

할은 씩 웃었다.

"너 스핑크스니, 징크스?"

jinx

징크스 _ 가만히 앉아 있다

할의 아빠는

할이 크고 마른 것만큼

키가 작고 옆으로 넓었다.

전화에서 들은 내 목소리는

알아차리지 못했지만,

어쨌든, 나는 말을 많이 하지 않았다.

점심을 먹고 가라고 초대를 받았다.

점심은 빵과 샐러드.

할의 아빠는 말한다.

"지금 우리 집은 채식 중이야.

애들 엄마가 화학 치료를 받아서,

고기 냄새를 맡기만 해도 속이 안 좋다고 하거든."

나는 가만히 앉아 있었다,

한밤중의 나의 거칠고 추한 말에

그 여자가 숨을 헐떡이던 것을 들으며.

jinx
어떻게 시작하지?

바닷가에

시리나의 아버지는

양말과 신발을 벗어 놓는다.

발은 깊은 바다에 사는 물고기처럼 창백하다.

시리나 엄마는

벌써 포기의 조짐을 보인다.

이 섬에는 팩스도, 전화도, 이메일도 없다.

셋은 아무 말없이 앉아 있다.

이야기를 해야 한다는 걸 알지만,

어떻게 시작하지?

시리나는 발뒤꿈치로 모래를 판다.

도시에서 떨어져서 보니

부모님은 자신감이 없고 늙어 보였다.

놀랍게도 시리나는

마음속에서 측은함이 솟아오르는 것을 느꼈다.

퉁명스럽게, 시리나는 말을 시작한다.

jinx
윈도쇼핑

어느 일요일 아침

코니와 메간은

수파-센터에 윈도쇼핑을 하러 갔다.

소파와 침대와

옷장과 커피 테이블을 본다.

“결혼하기엔 너무 어린 나이 아닌가, 아가씨들?”

상점 점원이 농담을 한다.

점원의 입술은 축축하고

눈길은 뻰뻰스럽게 메간을 훑고 있다.

“사실 우린, 레즈비언이거든요.”

코니가 큰 소리로 대답한다.

코니는 너무나 화가 나

쇼핑몰의 모든 화분 뒤에서

검정 옷을 입고 눈을 번들거리는

그리스 노파들이 나타난다고 해도

상관없었다.

점원의 튀어나온 귀는

장미처럼 새빨개졌다.

코니는 그 귀를 뽑아 버리고 싶었다.

코니는 메간의 허리에 팔을 감고

둘은 TV를 구경하러 자리를 떴다.

루스리스, 안녕.

내가 이렇게 갑자기 사라져서 미안해.

난 절박했어.

우리 엄마와 아빠는

진짜 괜찮았어.

나를 발견하고는 울었어.

둘이 우는 건

정말 처음 봤어.

곧 얘기해 줄게.

사랑을 담아,

코니와 징크스에게도 안부 전해 줘.

PS. 난 네가 이 편지를 받기 전에 돌아갈 거야!

PPS. 여기 요리사를 봐야 해, 진짜 섹시해!

jinx

징크스 _ 항상

시리나와 코니는

내가 할과 데이트를 하는 걸 보고 흥미로워한다.

이 모든 것이 황당하다고 생각하지만

루스리스는 이해한다.

"네가 할과 사귀어서 기뻐."

나는 루스리스를 끌어안는다.

무슨 일이 생겨도

루스리스와 나는 친구로 남을 것을 알고 있다.

우리는 대학에서도 친구일 거고

우리가 아이가 있는 젊은 엄마일 때도 친구일 거고

우리가 우리 십 대 딸들을 걱정하는

성공적인 커리어 우먼일 때도 친구일 거고

고관절 수술을 받는 할머니가 되어도

친구일 거다.

점심 약속을 하고

손자들 자랑을 하겠지.

우리는 언제나 친구일 것이다.

jinx

징크스 _ 할

나는 할에게 싫증이 나는 것을

상상조차도 할 수 없다.

할은 차와 축구와 밴드 이야기만 하지 않는다.

할은 궁금해한다.

우리는 왜 꿈을 꿀까?

동물들도 감정이 있을까?

악이라는 것이 진짜 있을까?

우린 같은 생을 살고 또 사는 것일까?

신이 있다면, 누가 신을 만들었을까?

루스리스에게

할은 어떤 종류의 돌이나 광물이라고 생각하는지

물어봐야겠다.

그건 책에 나온 것 중에서

가장 흥미로운 광물일 거야!

jinx

자연 그대로의 미술품

징크스는 재활용품으로 만든

조각 전시회에 할을 데려갔다.

판지 상자, 플라스틱 통,

천 조각, 조각난 나무, 오래된 다리미.

둘은 조각품들 사이를 걸으며

모든 각도에서 작품들을 바라보았다.

보통의 집 안 잡동사니들이

신기하고도 의미 있는 것으로 바뀌는 걸 보는 게 신기했다.

징크스는 퇴적암처럼 층층이 쌓인

어떤 조각을 특별히 감탄했는데

한 사람의 인생 시점으로

여러 가지 물건들을 모아서 보여 주고 있었다.

징크스의 인생 또한 생각하게 했다.

자신의 잡동사니들,

그리고 가능성들.

jinx

양파 껍질

루스리스는 징크스에게 줄 선물을 가져왔다.

자신의 귀중한 컬렉션에서

맨질맨질하게 닳은 돌조각을.

루스리스는 몇 겹의 조각이 이 돌에서

어떻게 양파 껍질처럼 떨어져 나가는지 보여 주었다.

그 밑에는 단단한 돌이 있었다.

아무 말도 없이

루스리스는 징크스의 책상 위

징크스가 보고 만질 수 있는 곳에 돌을 올려놓았다.

징크스는 바람과 온도와 물에 단련받지 않았지만

징크스는 마치 침식된 것 같은 기분이 들었다.

하지만 징크스는 갈라지지 않을 것이다.

jinx
징크스 _ 나의 마음은 노래해

내가 할을 만날 때마다

할은 부드럽게 말한다.

"안녕, 우리."

아무 특별한 말도 아니지만,

나의 마음을 노래하게 한다.

Hello
us?

jinx

징크스 _ 귀여운 사이먼

그레이스에게 남자 친구가 생겼다!

귀여운 사이먼은

그레이스를 최고라 생각한다.

그레이스는 전화기를 독차지하고,

손을 허리에 올리고는 소리를 지른다.

"도대체 이 집에서 사생활 보호는 안 되는 거야!"

엄마는 너무 기뻐서 울려고 한다.

그레이스가 하는 말이 다른 십 대들과 똑같기 때문이다.

그레이스와 사이먼은

손을 잡고

속삭이고

깔깔거린다.

엄마는 기뻐서 울려고 하는 것을 관두었다.

이번엔 걱정이다, 물론, 섹스 때문이다.

하지만 엄마는 둘이 이야기하는 소리를 듣는다.

사이먼　: 나는 여동생이 없었어.

너 내 동생 할래?

그레이스: 나는 오빠가 없었어.

너 내 오빠 할래?

그래서 둘은 오빠 동생이 되었다.

"너도 오빠가 있었으면 좋겠다."

엄마는 나에게 말했다.

엄마는 미친 것이 틀림없다!

나의 사랑스러운, 너무나 사랑스러운 할로부터

남매의 사랑을 받는다니

절대 사절이다.

빛으로 그리는 그림

할은
사진을 열정적으로 좋아한다.
몇 시간 동안이나 욕실로 사라져
사진을 현상하다가,
동생들이 다리를 꼬고
문을 마구 두드려야만 욕실에서 겨우 나오는 것이다.

할은 징크스에게 말한다,
“어떤 유명한 사진가가
사진은 ‘빛으로 그리는 그림’이라고 했어.
그게 내가 하려고 하는 거야.”

징크스는 할의 사진을 본다.
주로 가족들의 모습이다,
동생들이 호스 밑에 쭈그리고 있는
내밀하고도 멋진 샷.
반바지와 러닝셔츠를 입은 그의 아빠가

빨래를 널고 있는 모습,

대머리인 엄마가 씩 웃으며

가발을 방 건너편으로 던지는 모습,

그리고 징크스! 한 장의 사진이 있다.

지하철에서 나와

어둠에서 나와

빛으로 걸어가고 있는 모습.

jinx

우리가 우리 엄마들에게서 좋아하는 점

엄마들은 우리가 귀가하기 위해 차를 태워 달라고 하면 언제라도 벌떡 일어난다.

엄마들은 운전을 가르칠 때도 아빠들보다 더 참을성이 많다.

엄마들은 차 범퍼를 좀 찌그러뜨려도 아빠들처럼 난리를 치지 않는다.

엄마들은 파티에 입고 갈 새 옷이 필요하다는 걸 당연히 이해한다.

엄마들은 남자 친구와의 일들에도 아빠들보다는 훨씬 더 이해심이 많다 (아빠들은 남자애들이 생각하는 것을 상상하다가 분노로 정신이 나가 버린다.)

엄마들은 수학여행에 보내 줄 돈을 어떻게든 마련해 준다.

엄마들은 휴가 계획을 세운다.

엄마들은 남자들이 집안일 절반은 해야 한다고 생각한다.

엄마들은 내 친구들에게 친절하다.

엄마들은 친구들이 다 남자 친구가 있는데 나만 없을 때 어떤 기분인지 알고 있다.

엄마들은 컴퓨터가 고장 났는데 내일 아침까지 숙제를 내야 한다면 밤을 새서라도 도와준다.

엄마들은 사람들에게 다시 한번 기회를 준다.

엄마들은 택시처럼 우리를 태워 준다.

엄마들은 우리 반려동물에 밥을 준다.

엄마들은 학교 일을 맡기 위해 자기 일정을 조정한다.

엄마들은 우리가 늦었을 때 우리 옷을 다림질해 준다.

엄마들은 우리가 시험에 통과하거나 운동 팀에 들어가게 되면 축하를 해 준다.

엄마들은 어떤 일에 대해 우리가 그렇게까지 느끼지 않을 때도 측은하게 생각한다.

엄마들은 내 얼굴에서 봐 줄 만한 곳이 눈썹밖에 없다고 해도 나를 세상에서 가장 멋지고 똑똑하고 예쁘다고 생각한다.

엄마들은 용서하고, 잊어버린다.

엄마들은 우리가 잘되기를 바란다.

엄마들은 우리를 아무 조건 없이 사랑한다.

엄마들은 우리가 필요로 할 때, 언제나 그 자리에 있다.

jinx
징크스 _ 열망

나는 할을 열망한다.
병에 걸린 것처럼.

우리가 함께 있을 때
나는 온몸으로 할을 둘러싼다.
할의 재킷 소매에
내 뺨을 비비고
내 손을 셔츠 밑에 넣어
그의 심장을 만져 본다.

우리는 이야기한다,
진짜 이야기.
할은 내가 자기 머릿속으로 들어오도록 허락하고,
나는 할이 내 머릿속으로 들어오도록 한다.
이렇게 될 수 있을 줄은 정말 몰랐다.

jinx
징크스 _ 여행

시궁쥐와 스텔라가
할을 좀 보고 싶어 해서
우리를 저녁 식사에 초대했다.

스텔라는 커틀러리 대부대를
보란 듯 펼쳐 놓아,
그레이스는 감탄하며 입이 떡 벌어졌다.
스텔라는 기분이 좋아, 안내한다.
"바깥 것부터 쓰면 된단다."
사워크림의 소용돌이가 얹힌 호박수프를 맛보며
나는 여행 중이다.

할의 오른쪽 눈썹에서부터 걸어 나와
할의 콧대 위에 앉았다가
할의 눈썹 위를 건너다
할의 광대뼈 위에 누웠다가,
할의 귓바퀴 속에서

황홀하게도 길을 잃었다가,

할의 입술 사이로 들어가

그의 턱을 타고 내려와,

목의 오목한 자리에

몸을 말고

나는 미소를 짓는다.

시궁쥐는

내가 자기 농담에 웃는 줄 알고

기분이 좋아 보였다.

나는 할의 눈길을 쫓으려다

할이 나를 얼마나 다정하게

탐색하고 있는지 깨닫고

할이 내 목 안에

영원히

둥지를 틀었으면 했다.

jinx

시궁쥐 _ 콧노래

그 애가 나를 시궁쥐라고 부르는 걸 알고 있다.

마음이 아프다.

하지만 지금은,

그 별명 안에 약간의 애정을 담아 부르는 것처럼 느껴진다.

내가 그늘 속으로 사라져 가는

경멸스러운 존재가 아닌

그냥 수염 난 할아버지라도 되는 듯.

스텔라는 내 손을 식탁 밑에서 꼭 잡고,

나는 황당하게도 행복한 기분이다.

여기 나는 부인과 딸들과

그리고 딸의 친구와 함께 있다.

노래가 튀어나올 것만 같지만,

나는 조용히 앉아 있다.

마음은 콧노래를 부르고 있다.

jinx

징크스의 엄마 _ 수수께끼

나는 TV에서

자폐 여성에 대한 프로그램을 보았다.

그 여자는 엄청 똑똑하고,

많은 주의 사항과

훈련과

다른 이들에 대한 관찰을 통해

거의 정상인의 생활을 하고 있었다.

하지만 감정은

그 여자에게 수수께끼로 남아 있었다.

그 여자는 절대로 사랑하거나 미워하거나,

슬픔을 느끼거나, 다정함과 기쁨을 느끼지 못할 것이다.

그 여자는 누군가가 자기를 만지는 것도 참지 못한다.

거대하고 육중한,

금속성의 쿠션이 달린 팔이 있는 기계가

그 여자에게 아무런 감정 없는 포옹을 해 주는 것이 아니라면.

jinx

할 _ 너무 좋아하는

동생들 때문에 진짜 미칠 것 같다.

특히나 소파 뒤에 숨어

키스 소리를 내는 건.

징크스는 속삭인다.

"우리 완전 더러운

빠는 소리를 내 보자,

그럼 동생들도 질려서 그만할 거야."

전혀 효과가 없었다.

동생들은 더 심한 소리를 낸다.

징크스는 웃으며

애들을 집 밖으로

크리켓 놀이를 하라고 쫓아낸다.

동생들은 징크스를 너무 좋아한다.

나도 그렇다.

jinx

리얼리티 쇼

믿을 수 없다는 듯
징크스의 엄마는
리얼리티 쇼를 보고 있다.
어떤 남자가 부인 없이
일주일을 사는 프로그램이다.
세상에
오븐을 쓸 줄 모르는 것이,
식기세척기를 돌릴 줄 모르는 것이,
셔츠를 한 번도 다려 본 적이 없는 것이,
화장실 청소를 한 번도 해 본 적이 없는 것이
귀엽다고 생각하는 사람들이 있는 걸까?
징크스의 이야기에 따르면,
할과 그의 아빠라면 집안일을 어떻게 하는지
시범을 보여 줄 수 있을 텐데,
엄마도 부인도 없이
그들은 완벽히 잘 살고 있다.

징크스의 엄마는 기도하는 일이 드물지만,

지금은 할과 할의 아빠가 꼭 그럴 필요가 없기를,

기도하고 있다.

jinx

징크스의 엄마 _ 찬란함

사랑에 빠지는 것은 자주 일어나는 일이 아니기에

그것은 찬란하다 (젠장, 그것이 짝사랑일지라도.)

그 흥분,

희열과 희망이라면,

고통을 감내할 만하다.

jinx

징크스 _ 얽혀 버린

우리는 옷을 벗고

함께 누웠다.

할은 자기 몸을 창피해하지만,

할은 나의 에트루리아인 조각처럼

깡마르고 아름답다.

내가 그 말을 했더니,

할은 나를 베개로 때렸다.

우리는 레슬링을 하고

웃고

팔과 다리는

줄처럼 서로 얽혔다.

할은 조용히 나에게 말한다.

"나는 너를 사랑해."

갑자기

나는 너무나 무서워져

심장이 멈출 것만 같았다.

할이 나를 사랑한다.

나는 할을 사랑한다.

하지만 나는 징크스다.

jinx
징크스 _ 과거

나는 내 자신을 멈출 수 없다.

나는 할에게 찰리 이야기를 한다.

나는 할에게 벤 이야기를 한다.

할은 오랫동안 아무 말도 없었다.

그러더니,

"누군가 벽에 낙서를 했지,

누군가 밤중에 전화를 했어.

엄마는 아팠는데, 전화를 받고 무서워했어.

그게 너였어?"

나는 아니라고 말하고 싶었다.

나는 과거를 지워 버리고 싶었다.

나는 고개를 끄덕였다.

나를 바라보는 할의 얼굴은

어떤 때보다도 말라 보였다.

할은

부드럽게

산에 내리는 눈처럼 조용히

울고 있었다.

할은 옷을 입었다.

그리고 집에서 뛰쳐나갔다.

jinx

징크스 _ 얼어붙은

나는 어둠 속에 누워 있다.

탁구 치는 남자처럼 얼어붙어서.

엄마는 문을 두드렸다가,

가 버렸다가,

다시 두드린다.

"징크스?"

문손잡이가 돌아가지만,

문은 잠겨 있다.

"징크스! 무슨 일이야?

엄마 좀 들여보내 줘, 제발, 징크스!"

나는 움직일 수 없다, 말할 수 없다.

그때,

문을 부드럽게 두드리는 소리가 나더니

칭얼거리는 듯한 작은 목소리가 들려왔다.

"징크스, 나 무서워!"

어째서인지 모르겠지만

나는 침대에서 기어 나와

비틀비틀 방을 가로질러

그레이스를 들어오게 했다.

나는 재킷을 입고
바닷가로 걸으러 나갔다.
사방에
커플들과
가족들
아니면 개를 산책시키는 혼자 나온 사람들이다.
어쩌면 그들은 그래서 개를 기르겠지.
나는 빨리 걸었다,
마치 어디 갈 데라도 있는 것처럼,
아는 사람 누구와도 만나지 않기를 바라면서.

그러다가 나는 그녀를 보았다.
물가에 혼자 서 있는,
얼굴은 빛나고 있었다.

그녀는 몸을 돌리더니
내 어깨에 팔을 감싸고 소리쳤다.

"물이 빛에 반짝거리며 튀어 오르는 것 좀 봐!

물고기가 뛰는 것만 같아!"

창백한 햇볕 속에

우리는 집까지 천천히 걸어왔다.

엄마와 나.

jinx

징크스 _ 눈물

그레이스는 나를 이상해하며 쳐다본다.

"왜 울어?"

나는 그레이스를 바라본다.

"안 우는데."

"언니 악한 눈에 눈물이 꽉 차 있는데."

그레이스가 말했다.

나는 내 이마의 튀어나온 부분을 만져 보았다.

젠장할 여드름이 드디어 밖으로 나온 것 같았다.

"내 악한 눈은 없어졌어."

나는 그레이스에게 말한다.

"영원히?"

그레이스가 묻는다.

"영원히."

jinx

징크스 _ 첫번째 획

나는 내 창가에서
테라코타 굴뚝과
기찻길처럼 하늘을 가로지르는 전신주의 전선
그리고 치마폭처럼 케이블이 펼쳐진
현수교를 본다.
그 아래
검은 물고기들이 일 년에 한 번씩
알을 낳으러 돌아와
물을 흰색 꽃이 가득한 들판으로 바꾸곤 하는
만은 물에 비친 그림자로 구불구불하다.

밤이 되어 다리가
오렌지빛 조명의 옷단을 자랑할 때,
경찰의 사이렌 소리는 교외를 휩싸고
자극받은 개들은 늑대처럼 우짖는다.
트럭들은 좁은 거리를 질주하고
구불구불한 얇은 유리창들은 덜그럭거린다.

나는 종이와 목탄과 파스텔을 꺼낸다.

나는 깊은숨을 들이마시고,

커다란 목탄 조각을 골라

첫 번째 획을 긋는다.

jinx

징크스 _ 엄마, 고마워

엄마는 왜 할이
내 인생에서 사라졌는지 묻지 않는다.
그냥 엄마는 엄마와 내가
'쇼핑 요법'이 필요하다고 말한다.
엄마는 쇼핑이 질색이다.
나는 엄마를 가게에서 가게로 끌고 다녔다.
엄마는 벨트와 윗옷을 하나 샀는데,
나는 마음에 드는 것이 없었다.
엄마의 표정이 점점 더 야생적으로
홀린 듯이 바뀌어 갈 때
나는 워킹 부츠를 한 켤레 골랐다.
휴일이 되면
나는 이 도시를 탐험할 것이다
동, 서, 남, 북으로.
나는 수목원의 어스름한 저녁
날아가는 박쥐들을 보고 싶다.

본디 해변에서 떠오르는
해돋이도 보고 싶다.
색깔과 톤과 질감,
밝을 때나 어두울 때나,
양달에서나,
응달에서나.
나는 부츠의 끈을 단단히 묶고
일어서서
한 걸음을 내딛는다.

"엄마, 고마워."
나는 말한다.
"모두 다 고마워."

jinx
할 _ 용서

나는 설거지를 하고

아빠는 그릇을 닦는다.

아빠는 피곤해 보인다.

엄마는 밤중에 서너 번은 자다 깬다.

우리는 노르웨이에서 친구들을 죽인

어린 소녀들에 대한 다큐멘터리를 본 얘기를 한다.

보호 관찰을 받고 있긴 하나

그 아이들은 자기 가족들에게로,

학교로 다시 돌아갔다.

"우린 애들을 감옥에 넣지 않습니다."

경찰관이 설명한다.

나는 살해당한 소녀 엄마의 너그러움에 놀라고,

마을 전체의 용서에 놀란다.

아빠는 말한다,

"그렇게 끔찍한 일은 아무도 절대로 잊지 못하겠지,

하지만 용서하지 않는다면,

남아 있는 그 소녀들에겐 어떤 희망이 남겠니?"

jinx

다시 시작하다

2주 동안 나는 할을 보지도
그로부터 아무 소식도 듣지 못했다.
나는 공부에 열중하고,
무슨 일이 있었는지 루스리스에게만 말했다.
어느 날 오후 루스리스는
같이 커피를 마시러 가자고 하고,
나에게 너는 휴식이 필요하다고 말한다.
루스리스는 계산대 앞에 줄을 서고
나는 잠시 공부라도 하려고
책을 꺼냈다.
갑자기 누군가 나를 확 밀치고
내 목 뒤로, 책 위로 물이 쏟아져 내렸다.
나는 몸을 돌렸다.
그가 나를 보고 웃고 있다.
그는 말한다.
"우리, 다시 시작할까, 징크스?"
나는 웃음으로 대답한다.

"젠. 내 이름은 젠이야."

"안녕, 우리."

그는 인사한다.

jinx

젠 _ 비 오는 오후

비가 온다.

엄마는 2층에서 책을 읽고 있다.

할과 그레이스는 원카드를 하고 있다.

나는 재빠른 스케치로

순간을 포착하려고 노력하며

둘을 그리고 있다.

비가 온다.

엄마는 팬케이크를 만든다.

할과 그레이스와 나는 소파에 편안히 자리를 잡고,

이제 〈사운드 오브 뮤직〉을 볼 것이다.

할은 한 번도 〈사운드 오브 뮤직〉을 본 적이 없다고 한다.

지금 무엇에 휘말리고 있는지 모르고 있는 것이다!

jinx

젠 _ 마지막으로

나는 다시 찰리의 꿈을 꾼다.

왜 그런지 모르지만, 이것이 마지막이라는 것을 나는 안다.

찰리는 교차로에 서 있지만,

길을 잃은 것처럼 보이지는 않는다.

찰리는 갈 길을 골라

걸어 나간다.

그러다 몸을 돌려, 손을 흔들었다.

옮긴이의 말

마거릿 와일드의 책은 내가 2022 한스 크리스티안 안데르센상의 심사 위원으로 일했을 때 만났다. 안데르센상의 심사에는 작가별로 대표작 다섯 권을 제출하는데, 문학 부문에 올라온 많은 작가들이 한두 권의 시집이나 그림책을 포함하고는 있었다. 하지만, 그 작품들의 완성도가 마거릿 와일드처럼 뛰어난 작가는 드물었다. 아마도 올해, 2024년 수상자인 오스트리아의 하인츠 야니쉬가 짧은 글 속에서 문학성을 구현할 수 있는 그런 작가의 대표적인 예일 것이다.

문학성이 두드러지지만, 그림의 옷을 입고 총체적인 경험으로 다가오는 책들. 그림책 하면 언제나 그림 작가의 몫을 먼저 생각했던 나에게 마거릿 와일드의 책들은 이 장르가 가지고 있는 드문 가능성을 일깨워 준 계기가 되었다. 그림책으로 알게 된 와일드의 다른 책들을 읽게 된 것은 심사를 하며 얻은 수확이었다. 간결하지만 마음을 뒤흔드는, 근원적이고 중요한 문제를 이야기하는 진지한 글이자, 페이지를 채우는 울림이 있는 짤막한 문장들. 일상의 느낌을 잘 전달하는, 영어라는 언어가 가진 유연함으로 쓰여진 산문시들로 엮인 이 책을 읽다가 나는 심사위원으로도 번역자로도 몇 번이나 울었다. 한 청소년이 어른이 되어 가는 과정 중 친구와 가족, 일상과 사랑의 묘사에서 삶과 죽음의 출렁거리는 고통과 기쁨이 직접적으로 느껴졌기 때문이었다.

시소설이라는 어려운 번역 책을 선뜻 출간 허락해 주신 올리 출판사에 감사드린다. 부족한 번역의 벽을 꿰뚫고 독자들이 이 작품을 밝은 눈으로 읽을 수 있기를.

이지원

러브 앤 징크스

초판 1쇄 발행 2024년 12월 11일

지은이 마거릿 와일드 | **옮긴이** 이지원
펴낸곳 올리 | **펴낸이** 박숙정
기획편집 최현정 정선우 김수정 | **디자인** 전성연 김다현
마케팅 양근모 권금숙 양봉호 이도경 | **온라인마케팅** 신하은 현나래 최혜빈
디지털콘텐츠 최은정 | **해외기획** 우정민 배혜림 정혜인
경영지원 김현우 강신우 이윤재 | **제작** 이진영
출판등록 2006년 9월 25일 제406-2006-000210호
주소 서울시 마포구 월드컵북로 396 누리꿈스퀘어 비즈니스타워 18층
전화 02-6712-9800 | **팩스** 02-6712-9810
이메일 allnonly.book@gmail.com | **인스타그램** @allnonly.book

ISBN 979-11-94246-51-0 (43840)

• 책값은 뒤표지에 있습니다.
• 인쇄 제작 및 유통상의 파본 도서는 구입하신 서점에서 바꿔드립니다.

• 올리 _ all&only는 쌤앤파커스의 어린이 청소년 브랜드입니다.